Melanie Milburne
Entre el odio y la pasión

H HARLEQUIN™

Editado por HARLEQUIN IBÉRICA, S.A.
Núñez de Balboa, 56
28001 Madrid

I.S.B.N.: 978-84-687-2731-8
Depósito legal: M-7221-2013
Editor responsable: Luis Pugni
Fotomecánica: M.T. Color & Diseño, S.L. Las Rozas (Madrid)
Impresión en Black print CPI (Barcelona)
Fecha impresion para Argentina: 4.11.13
Distribuidor exclusivo para España: LOGISTA
Distribuidor para México: CODIPLYRSA
Distribuidores para Argentina: interior, BERTRAN, S.A.C. Vélez
Sársfield, 1950. Cap. Fed./ Buenos Aires y Gran Buenos Aires,
VACCARO SÁNCHEZ y Cía, S.A.

Capítulo 1

ERA la primera vez que Bella volvía a casa desde el funeral. En febrero, Haverton Manor era como un país de las maravillas invernal. La nieve recién caída envolvía las ramas de las hayas y los olmos que bordeaban el largo camino que llevaba a la mansión georgiana. Los campos y bosques estaban cubiertos por una fina manta blanca, y el lago brillaba como una sábana de cristal cuando detuvo el coche deportivo ante el jardín clásico. Fergus, el lebrel irlandés de su difunto padre, se levantó del lugar donde descansaba al sol y fue a saludarla agitando lentamente el rabo.

–Hola, Fergus –Bella le rascó las orejas–. ¿Qué haces aquí solo? ¿Dónde esta Edoardo?

–Estoy aquí.

Bella se giró al oír la voz profunda, grave y suave como el terciopelo. El corazón le dio un salto en el pecho al ver la alta figura de Edoardo Silveri. Hacía un par de años que no lo veía en persona, pero seguía tan atractivo como siempre. No era guapo en el sentido clásico; sus rasgos eran demasiado irregulares. Tenía la nariz levemente torcida por culpa de un puñetazo y una cicatriz rasgada cruzaba una de sus oscuras cejas, dos recuerdos de su problemática adolescencia.

Llevaba botas de trabajo, pantalones vaqueros desteñidos y un grueso suéter negro, arremangado hasta los codos, que dejaba apreciar sus musculosos brazos. Tenía el pelo ondulado y negro como el hollín, y una sombra de barba oscurecía su mentón, dándole un aspecto intensamente viril que, por alguna razón, siempre le provocaba temblor de rodillas. Bella tomó aire y se enfrentó a sus sorprendentes ojos azul verdoso.

–¿Trabajando duro? –preguntó con el tono de voz que usaría un aristócrata con su sirviente.

–Siempre.

Bella no pudo impedir mirar su boca. Era firme y dura, y las profundas arrugas que tenía a cada lado indicaban que tenía más costumbre de contener la emoción que de mostrarla. Una vez se había acercado demasiado a sus sensualmente esculpidos labios. Solo una vez, pero era un recuerdo que intentaba borrar de su mente desde entonces. Sin embargo, aún recordaba su sabor: a sal, menta y macho de sangre caliente. La habían besado muchas veces, demasiadas para recordar cada una de ellas, pero recordaba el beso de Edoardo con todo detalle.

Se preguntó si él también estaría recordando cómo sus bocas se habían unido en un beso abrasador que los había dejado sin aliento. Y cómo sus lenguas se habían batido en duelo, creando un baile delicioso y carnal.

–¿Qué ha pasado con el jardinero? –Bella desvió la mirada hacia sus manos, sucias de tierra. Estaba arrancando malas hierbas de un arriate.

–Se rompió el brazo hace un par de semanas –replicó él–. Te lo dije en mi correo electrónico con la actualización de datos sobre las acciones.

–¿En serio? –frunció el ceño–. No lo vi. ¿Seguro que me lo enviaste a mí?

–Sí, Bella, seguro –alzó el lado derecho de su labio

superior con aire burlón, su gesto más parecido a una sonrisa–. Tal vez se perdió entre los mensajes de tu último amante. ¿Quién es esta semana? ¿El tipo del restaurante que ronda la quiebra o sigue siendo el hijo de banquero?

–Ninguno de los dos –alzó la barbilla desafiante–. Se llama Julian Bellamy y estudia para ser pastor.

–¿De ovejas?

–De una parroquia –sentenció ella, imperiosa.

Él echó la cabeza hacia atrás y se rio. No era la reacción que Bella había esperado. La molestó que su noticia lo divirtiera tanto. No estaba acostumbrada a verlo expresar ninguna emoción, y menos aún a su risa. Rara vez sonreía, aparte de cuando torcía la boca con sorna, y no recordaba la última vez que lo había visto reír. Le parecía exagerado e innecesario que se atreviera a burlarse del hombre con quien iba a casarse. Julian era todo lo que Edoardo no era. Sofisticado y culto, cortés y considerado; veía lo bueno en la gente, no lo malo.

Y la quería, en vez de odiarla como Edoardo.

–¿Qué es lo que tiene tanta gracia?

–Es que no lo veo –aún riendo, se limpió la frente con el dorso de la mano.

–¿El qué no ves? –preguntó con irritación.

–A ti repartiendo té y bollos en una clase de estudio de la Biblia. No encajas en el molde de esposa de clérigo.

–¿Qué se supone que significa eso?

Él estudió las altas botas negras, la falda y la chaqueta de diseño y se detuvo provocativamente en la curva de sus senos, antes de buscar su mirada con un brillo insolente en los ojos.

–Tus faldas son tan escasas como tu moral.

Bella deseó golpearlo. Cerró las manos en puño y se clavó las uñas en las palmas de las manos para controlar su ira. No quería tocarlo; sabía que su cuerpo hacía cosas indebidas cuando se acercaba demasiado al de él.

–No eres quién para hablar de moral –le escupió–. Al menos yo no tengo antecedentes criminales.

–¿Quieres jugar sucio, princesa? –le lanzó una mirada dura como el diamante. Puro odio e ira.

Esa vez, Bella sintió un cosquilleo en la base de la columna. Sabía que había sido un golpe bajo mencionar su pasado delictivo, pero Edoardo hacía que se disparase en ella algo oscuro, primitivo e incontrolable. La exacerbaba más que nadie.

Siempre había sido así.

Parecía disfrutar irritándola. Por más que se prometiera controlar su genio y ser sofisticada y fría, él siempre conseguía hacerle perder los estribos.

Desde aquella noche, cuando tenía dieciséis años, había hecho lo posible por evitar al chico malo protegido de su padre. Durante meses, y años, había mantenido las distancias, sin prestarle la menor atención cuando iba a visitar a su padre. Edoardo tenía un efecto inquietante en ella; a su lado no se sentía serena y controlada.

Se sentía nerviosa e inquieta.

Pensaba cosas que no debería pensar. Por ejemplo en lo sensual que era la curva de su boca, con el labio inferior más carnoso que el superior; en que su duro mentón siempre parecía necesitar un afeitado y en que siempre daba la impresión de acabar de pasarse los dedos por el cabello. Pensaba en cómo se vería desnudo, moreno y fibroso.

En cómo su mirada velada e inescrutable parecía

despojarla de su ropa de diseño y ver el cuerpo excitado y tembloroso que había debajo.

–¿Qué haces aquí?

–¿Vas a echarme por invadir una propiedad privada? –Bella le lanzó una mirada desafiante.

–Este ya no es tu hogar –dijo él con un brillo amenazador en los ojos.

–Ya, bueno, tú te aseguraste de eso, ¿verdad?

–No tuve nada que ver con la decisión de tu padre de dejarme Haverton Manor –replicó él–. Imagino que pensó que nunca te interesó. Casi nunca lo visitabas, sobre todo al final.

Bella bulló de resentimiento y culpabilidad. Lo odió por recordarle que se había mantenido alejada cuando su padre más la necesitaba. La permanencia de la muerte la había llevado a correr a ocultarse. La idea de quedarse sola en el mundo la había aterrorizado. El que su madre la hubiera abandonado justo antes de su sexto cumpleaños le había creado una gran inseguridad; la gente a la que amaba siempre la dejaba. Así que había escondido la cabeza en la escena social de Londres en vez de enfrentarse a la realidad. Había utilizado como excusa sus exámenes finales, pero lo cierto era que nunca había sabido cómo comunicarse con su padre.

Godfrey había llegado a la paternidad bastante tarde en la vida y tras el abandono de su esposa no había sabido asumir el papel de padre y madre. En consecuencia, nunca habían estado muy unidos, y por ello la había vuelto loca de celos el modo en que su padre alimentaba su relación con Edoardo. Sospechaba que Godfrey veía a Edoardo como hijo en funciones, ese hijo que tanto había anhelado en secreto. Eso había hecho que se sintiera inadecuada y ese sentimiento se había multiplicado por cien cuando descubrió que su padre le había dejado la finca y la casa en herencia.

–Estoy segura de que aprovechaste mi ausencia en tu beneficio –le dijo con amargura–. Apuesto a que aprovechaste cualquier oportunidad para darle coba, al tiempo que me pintabas como una tonta vividora sin ningún sentido de la responsabilidad.

–Tu padre no necesitaba que yo le indicara lo irresponsable que eres –dijo él, curvando el labio con su irritante gesto habitual–. Eso lo haces de maravilla tú solita. Tus pecadillos aparecen en los periódicos una semana sí y la otra también.

Bella, aunque furiosa, no podía negar la verdad. La prensa se cebaba con ella, dándole una imagen de jovencita rebelde con más dinero que sentido común. Bastaba con que estuviera en el lugar equivocado en el momento erróneo para que publicaran alguna historia ridícula sobre ella.

Pero las cosas cambiarían muy pronto. Esperaba que la prensa la dejase en paz cuando se casara con Julian. Su reputación sería intachable.

–Me gustaría quedarme unos días –dijo–. Supongo que no supondrá un inconveniente.

–¿Me lo dices o me lo pides?

Bella se tensó de odio. Era humillante tener que pedir permiso para quedarse en el que había sido su hogar de infancia. Esa era una de las razones por las que había aparecido sin avisar; había supuesto que no se atrevería a rechazarla teniendo al personal doméstico de testigo.

–Por favor, Edoardo, ¿puedo quedarme unos días? –pidió con fingida expresión suplicante–. No te molestaré. Te lo prometo.

–¿Sabe la prensa dónde estás?

–Nadie sabe dónde estoy. No quiero que me encuentren. Por eso he venido. Nadie podrá imaginarse, ni en sueños, que estoy aquí contigo.

–Estoy tentado de decirte que sigas tu camino –dijo él con la mandíbula tensa como un muelle.

–Está a punto de volver a nevar –Bella sacó el labio inferior hacia fuera–. ¿Y si me salgo de la carretera? Mi muerte mancharía en tus manos.

–No puedes aparecer de repente y esperar que extienda la alfombra roja para ti –la miró con desaprobación–. Al menos podrías haber llamado para preguntar si podías venir. ¿Por qué no lo hiciste?

–Porque habrías dicho que no. ¿Qué problema hay en que me quede unos días? No molestaré.

–No quiero un montón de mirones fisgoneando por aquí. En cuanto aparezcan los paparazzi, puedes hacer la maleta y largarte. ¿Entendido?

–Entendido –aceptó Bella, rabiando por su autoritarismo. Parecía creer que quería convocar una rueda de prensa cuando su intención era pasar desapercibida hasta la vuelta de Julian. No quería más escándalos en su vida.

–No toleraré que traigas a amigos y estéis de fiesta día y noche –la taladró con su mirada dura como el diamante–. ¿Entendido?

–No habrá fiestas –Bella esbozó su mejor expresión de «seré una niña buena».

–Lo digo en serio, Bella. Estoy trabajando en un gran proyecto. No quiero distracciones.

–Vale, vale. Está claro –lo miró con irritación–. ¿Cuál es ese importante proyecto? ¿Es del género femenino? ¿Está durmiendo aquí? No me gustaría cortarte las alas en ese sentido.

–No voy a discutir mi vida privada contigo. Serías capaz de contársela a la prensa.

Bella se preguntaba quién sería su amante del momento, pero interrogarlo al respecto habría implicado interés de su parte y no quería que él creyera que dedicaba siquiera un instante a pensar en qué hacía él y con quién. Él guardaba celosamente su vida privada. Su carácter enigmático lo convertía en diana para los paparazzi, pero de alguna manera conseguía mantenerlos al margen. Bella, en cambio, no podía dar un paso fuera de su casa de Chelsea sin atraer los flashes de los reporteros que siempre la pintaban como una profesional de las fiestas que no tenía nada mejor que hacer que broncearse.

Con un poco de suerte, su compromiso con Julian Bellamy pondría fin a todo eso. Quería empezar una nueva página, y lo haría cuando estuviera casada. Julian era el hombre más agradable que había conocido. No se parecía nada a los hombres con los que había salido en el pasado. No atraía escándalos ni intrigas. No era mundano. No le interesaban la riqueza ni el estatus, solo pretendía ayudar a los demás.

–¿Podrías meter mi equipaje? –le pidió a Edoardo con falsa dulzura–. Está en el maletero.

–¿Cuándo conoceré a tu nuevo amante? –Edoardo se apoyó en el guardabarros delantero del coche y cruzó los brazos sobre el ancho pecho.

–Técnicamente no es mi amante –Bella alzó la barbilla un poco más–. Vamos a esperar hasta que estemos casados.

–Santa madre de Dios –Edoardo volvió a reírse.

–¿Te importaría no blasfemar?

Él se apartó del coche y se acercó a ella, que captó el olor varonil de su cuerpo: a sudor y trabajo duro suavizado con una nota cítrica. Bella ensanchó las aletas de la nariz y dio un paso atrás. Uno de sus tacones se enganchó en la piedra caliza y se habría caído si él no lo hubiera impedido.

Dejó de respirar al sentir los largos y morenos dedos cerrarse sobre su muñeca como unos grilletes de acero. El contacto de los callosos dedos fue como una descarga eléctrica que le abrasó la piel y le llegó hasta los huesos. Se pasó la lengua por los labios e intentó hacer acopio de altivez y frialdad, pero su corazón aleteaba como un colibrí cuando sus ojos se encontraron con los de él.

—¿Qué diablos estás haciendo? —protestó.

—Mira quién blasfema ahora —una esquina de su boca se alzó con sorna.

El estómago de Bella dio un bote, como un ascensor que cayera sin control, cuando sintió la presión de su pulgar en la parte interna de la muñeca. Hacía años que no estaba tan cerca de él. Desde aquella noche, la del beso, había evitado cualquier contacto físico con él. En ese momento le parecía que la piel que estaba en contacto con la suya se estaba abrasando.

—Quítame tus sucias manos de encima —ordenó con voz ronca y entrecortada.

Sus dedos se tensaron un instante y clavó sus ojos azul verdoso en los de ella. Bella sentía que esa parte esencial de él, la que lo definía como macho potente y viril, estaba muy cerca de su pelvis. Su cuerpo sentía su atracción magnética, igual que había ocurrido años atrás, cuando aún era una adolescente torpe, inexperta y algo borracha. Se preguntó cómo sería apretarse contra él en la actualidad.

—Di «por favor» —exigió él.

—Por favor —dijo, apretando los dientes. Él la soltó y Bella se frotó la muñeca—. Me has ensuciado, bastardo —le espetó, lívida.

–Es suciedad de la buena. De la que se lava.

Bella miró el puño de su camisa, bajo la chaqueta, que mostraba las huellas polvorientas de sus dedos. Aún sentía su presión, como si la hubiera marcado al rojo vivo.

–Esta blusa me costó quinientas libras. Y las has arruinado por completo.

–Eres tonta si pagas eso por una blusa –replicó él–. El color ni siquiera te favorece.

–¿Desde cuándo eres estilista personal? –cuadró los hombros, indignada–. No sabes ni una palabra de moda.

–Sé lo que favorece a una mujer y lo que no.

–Apuesto a que sí –rezongó ella–. Cuanta menos ropa mejor, ¿no?

–Ni yo lo habría expresado mejor –sus ojos chispearon, recorriéndola de arriba abajo.

Bella sintió un hormigueo en todo el cuerpo, como si le hubiera quitado la ropa, botón a botón, prenda a prenda. No pudo evitar intentar imaginarse la sensación que provocarían sus manos curtidas sobre su piel suave y sedosa. ¿Se engancharían como espinas o se deslizarían con suavidad?¿Arañarían o acariciarían? Apartó esos pensamientos propinándose una bofetada mental.

–Voy a saludar a la señora Baker –dijo, pasando a su lado de camino a la puerta delantera.

–La señora Baker está de permiso.

Bella se detuvo como si hubiera topado con una pared invisible. Se volvió para mirarlo.

–¿Quién se está ocupando de guisar y limpiar? –preguntó con gesto de intriga.

–Yo me ocupo de eso.

–¿Tú? –arrugó la frente.

–¿Tienes algún problema con eso?

Bella soltó el aire lentamente. Tenía un problema enorme. Sin la señora Baker allí, estaría sola con Edoardo. No había planeado eso. Era una casa muy grande, pero aun así...

En el pasado él había ocupado la casa del guardabosques. Pero, dado que su padre le había dejado Haverton Manor, tenía todo el derecho a vivir en la casa principal. Edoardo gestionaba las inversiones de su padre y dirigía su propia empresa de desarrollo inmobiliario desde el despacho que había junto a la biblioteca. Exceptuando algún que otro viaje de negocios, vivía y trabajaba allí.

Dormía allí.

En la casa de ella.

–Espero que no pretendas que me haga cargo de la cocina –dijo Bella, mirándolo con fijeza–. He venido para tomarme un descanso.

–Toda tu vida es una vacación continua –comentó él con sorna–. No sabrías cómo realizar un día de trabajo decente si lo intentaras.

Bella movió la cabeza con rabia. No iba a contarle sus planes de ayudar a Julian a fundar una misión utilizando un alto porcentaje de su herencia. Edoardo podía seguir pensando que era una cabeza hueca, igual que hacía todo el mundo.

–¿Por qué iba a trabajar? Hay millones de libras esperando a que cumpla veinticinco años.

–¿Alguna vez dedicas un momento a pensar en cuánto tuvo que trabajar tu padre para ganar ese dinero? –apretó los dientes y un músculo en la mandíbula empezó a pulsar–. ¿O te limitas a gastarlo tan rápido como entra en tu cuenta?

–Es mi dinero para gastarlo como me dé la maldita

gana –Bella le dedicó otra mirada desafiante–. Lo que ocurre es que estás celoso porque tú viniste de la nada. Tuviste suerte con mi padre. De no ser por él estarías encarcelado en alguna prisión, no haciendo de señor feudal.

–Eres igual que la zorra cazafortunas de tu madre –sus ojos chispearon con acritud–. Supongo que sabes que estuvo aquí hace un par de días.

Bella intentó ocultar su sorpresa. Y su dolor. Hacía meses que no sabía nada de su madre. La última noticia que había tenido de Claudia fue cuando telefoneó para decirle que se trasladaba a España con un nuevo marido, el segundo desde su divorcio del padre de Bella. Claudia había necesitado dinero para la luna de miel. Lo cierto era que Claudia siempre necesitaba dinero y Bella siempre se sentía obligada a dárselo.

–¿Qué quería? –preguntó.

–¿Qué crees tú que quería? –le devolvió él, con una mirada cargada de cinismo.

–Tal vez quería comprobar que seguías gestionando bien mis intereses.

–Si quieres inspeccionar los libros, solo tienes que pedirlo –arrugó la frente–. Me he ofrecido a reunirme contigo más a menudo y siempre te has negado. Ni siquiera has tenido la decencia de asistir a las tres últimas reuniones en persona.

Bella se sintió levemente avergonzada. No tenía dudas sobre su gestión. Los beneficios se habían incrementado a un ritmo constante desde que se había hecho cargo de la cartera de valores, unos meses antes de que su padre muriera de cáncer. Su intuición e inteligencia habían protegido sus bienes durante las turbulencias económicas de los últimos años, mientras que otros inversores habían sufrido graves pérdidas.

Un par de veces al año él insistía en que se reunieran para revisar juntos las cuentas relativas a su patrimonio. Al principio había sufrido esas reuniones, ardiendo de ira en silencio por el control que él tenía de su vida. Pero incluso en la elegante y enorme oficina de Londres le había parecido que estaba demasiado cerca de ella. En la última reunión a la que había asistido, su mente se había extraviado por territorio peligroso mientras él explicaba pacientemente los detalles de sus inversiones. Había intentado centrarse, pero no podía dejar de admirar sus manos mientras pasaban las páginas del meticuloso informe que le había preparado. En un momento dado él había alzado la vista y sus ojos se habían encontrado. Aún recordaba el latir de ese silencio en lo más profundo de su cuerpo.

Aún podía sentirlo.

—Eso no será necesario –dijo Bella–. Estoy segura de que haces cuanto puedes para tenerlo todo en orden.

—¿Esperas que tu novio se reúna contigo? –preguntó Edoardo, tras un breve y tenso silencio.

—Está en una misión en Bangladesh –Bella se puso tras la oreja un mechón de pelo que el viento había soltado–. Se me ocurrió venir aquí hasta que él regresara.

—¿Ha perdido su atractivo la vida nocturna de Londres?

—Hace muchísimo que no voy a un club –repuso ella, cortante–. Esa ya no es mi escena.

—¿Ahora te van más las sesiones de oración?

—Apuesto a que no te has arrodillado en tu vida –le devolvió ella, odiándolo por sus burlas.

Él bajó la mirada hacia su pelvis y volvió a subirla

lentamente. Sus ojos parecieron abrasar los suyos con un erótico mensaje secreto.

–Di una palabra, princesa, y estaré de rodillas antes de que puedas decir «cielo santo».

Las entrañas de Bella se tensaron de deseo ardiente y traicionero que terminó aposentándose entre sus muslos. Un tenue pulsar que la hizo consciente de cada músculo, nervio y célula del centro de su femineidad.

Él era el chico malo de los barrios bajos. Ella era la rica heredera cuyo pedigrí se remontaba a siglos atrás.

Estaba a punto de comprometerse.

Estaba prohibido.

Él estaba prohibido.

–No creo que exista una oración en el mundo capaz de salvar tu alma –dijo Bella, con una mirada gélida.

–¿Por qué no probar entonces con una imposición de manos? –sugirió él con una sonrisa amarga.

Ella volvió a sentir el inquietante chisporroteo interior. Eso hizo que lo odiara aún más por seguir teniendo ese efecto en ella. No entendía que le provocara tanta lujuria con su mera presencia. La irritaba su poder sexual sobre ella y la anonadaba no poder controlar sus reacciones. Peor aún era saber que él era muy consciente de su efecto. Lo veía en las miradas largas e indolentes que le dirigía. Sus ojos parecían abrasarla hasta los huesos.

–Vete al infierno –masculló entre dientes.

–¿Crees que no he estado allí ya?

Bella no pudo sostenerle la mirada. Parecía quemarla como un rayo láser, tocándola, acariciándola, provocándole sensaciones que no debería sentir.

Giró sobre los talones y entró en la casa, cerrando

la puerta a su espalda con un satisfactorio ruido de metal y madera.

Edoardo dejó escapar un largo siseo una vez ella estuvo dentro de la mansión. Abrió y cerró el puño un par de veces, pero siguió sintiendo un cosquilleo en las zonas de la mano que habían tocado la muñeca de ella.

Tendría que haberla echado de allí. Solo significaba problemas.

Y tentación.

Resopló con fuerza. Sí, Bella Haverton era de lo más tentadora. Era una diablesa diminuta con unos aires de superioridad que le resultaban intragables. La deseaba tanto como la odiaba. Llevaba años ardiendo de lujuria por ella. Era una tentación a la que había aprendido a resistirse, exceptuando la noche en la que ella lo había pinchado hasta llevarlo al límite. La había besado con rudeza y enfado. El calor abrasador de ese beso había ido acumulándose y creciendo durante meses. Sus continuas miradas de «ven a por mí», sus coquetos roces accidentales cuando se cruzaba con él en la puerta habían ido corroyendo lenta pero inexorablemente su férreo autocontrol. El encuentro de sus bocas había sido como una explosión.

Seguía sin saber cómo había tenido la fuerza de voluntad necesaria para apartarse de ella, pero lo había hecho. Ella había sido una jovencita de dieciséis años, apasionada e inmadura. Él le sacaba nueve años de edad, y siglos de experiencia. No había querido traicionar la confianza que Godfrey Haverton había depositado en él. Aunque nunca se lo había expresado con palabras, siempre había intuido que Godfrey confiaba en que se comportaría de forma adecuada con su hija.

La situación era distinta siendo ella ya adulta. No había razón para que no pudieran disfrutar de una tórrida aventura. Aunque se creyera enamorada de otro hombre, no podía ocultar que aún lo deseaba a él. Lo veía en sus ojos: el hambre y la pasión ardiente que intentaba ocultarle.

Aún recordaba su sabor.

Habían pasado muchos años, pero seguía recordando la dulzura húmeda y cálida de su boca, y cómo se había movido contra la de él. Su cuerpo se tensó de lujuria con el mero pensamiento de penetrarla, de sentir su suavidad contra su dureza, sus brazos rodeándolo, sus labios y su lengua batiéndose en duelo sensual con los de él.

No había vuelto a tocarla hasta ese día. Y había sido como tocar un cable de alta tensión. Seguía sintiendo un cosquilleo en los dedos. El deseo de volver a tocarla latía en su sangre, rugía en sus venas.

La deseaba.

Sentía lujuria por ella.

Una parte de él no quería desearla. Era la única persona que podía hacerle perder el control y el control lo era todo para él. No se enorgullecía de cómo la había agarrado aquella noche, tantos años atrás. Había actuado por impulso, de manera irracional. Ella había tenido ese poder sobre él.

Seguía teniendo ese poder sobre él.

A Bella siempre le gustaba hacerse la aristócrata altiva con él. Lo miraba por encima del hombro, como si acabara de salir arrastrándose de una ciénaga. No se le ocurría mejor idea que ponerla en su lugar, hacerle agachar la cabeza.

Y había caído en sus manos al llegar sin avisar.

Sonrió para sí. Tal vez ella pensara que podía aparecer y ponerse al mando, dando órdenes como si no fuera más que un criado pagado para servirla. Tal vez había olvidado cómo estaba redactado el testamento de su padre.

Era él quien estaba al mando.

Y no iba a permitir que lo olvidara.

Capítulo 2

EN CUANTO Bella entró en el recibidor sintió un pinchazo de vacío en el centro de su pecho. No olía a tabaco de pipa. No se oía ningún bastón golpeando el suelo de madera. No se escuchaba suave música clásica de fondo.

Tampoco se oía el cantar desafinado de la señora Baker en la cocina. Echó en falta el hogareño ruido de cazos chocando entre sí y el aroma a repostería casera. Solo captaba el olor acre a pintura reciente y el silencio medido por el metódico reloj de pared: tic, tac, tic, tac.

Recorrió la planta baja de la mansión, fijándose en la cocina y el invernadero recién pintados. La sala de estar formal, que daba al jardín, al lago y las ondulantes praderas que había tras él, también había sido remozada. Edoardo había pasado gran parte de los últimos cinco años devolviendo a la mansión su gloria anterior. Realizaba la mayoría del trabajo él mismo. No porque le faltara dinero; podría haber contratado a quién quisiera, pero parecía disfrutar ensuciándose las manos.

Bella solo había tenido siete años cuando él fue a vivir a Haverton Manor. Había sido el mismo año de la marcha de su madre. Su padre había acogido a Edoardo como a un proyecto, presumiblemente para paliar su tristeza por el abandono de su joven esposa y haber quedado a cargo de una niña pequeña.

A Edoardo lo habían echado de todas las casas de acogida del condado. Con dieciséis años había cometido los suficientes delitos menores para ser carne de reformatorio hasta alcanzar la mayoría de edad. Bella recordaba a un adolescente hosco y con mala actitud. Parecía lucir un ceño perpetuo y solucionaba los conflictos a base de puñetazos. Maldecía como un camionero. Carecía de modales. No tenía amistades, solo enemigos.

Pero de alguna manera su padre había visto más allá de la fachada de chico malo, vislumbrando a un joven con potencial para hacer grandes cosas. Bajo la firme y paciente tutela de Godfrey Haverton, Edoardo había acabado sus estudios y conseguido plaza en la universidad, para estudiar comercio y negocios.

Edoardo había sacado buen partido de ese apoyo. Godfrey le había hecho un préstamo con el que había adquirido su primera propiedad, que había subdividido. Había reinvertido los beneficios en otras propiedades, que restauraba y revendía. A partir de esos humildes orígenes, había adquirido una exitosa cartera inmobiliaria en continua expansión. Además, gestionaba el fondo de inversiones de su padre, que estaba en fideicomiso hasta que ella cumpliera los veinticinco años. A falta de un año para tener acceso a su considerable herencia, Edoardo era como una espina que procuraba evitar en la medida de lo posible.

Cada mes él transfería su asignación económica a su cuenta. En general, ella se mantenía dentro de su presupuesto, pero de vez en cuando algún gasto extra la obligaba a sufrir la indignación de tener que llamarlo para pedirle fondos adicionales. La enfurecía que su padre hubiera organizado así las cosas, que hubiera elegido a Edoardo como depositario, en vez de elegir a alguien más imparcial. Su padre había confiado más en Edoardo que en ella, y eso dolía. Intensificaba los malos sentimientos que siempre había tenido en contra de Edoardo. Para añadir insulto a injuria, su padre le había entregado su hogar. Ella adoraba Haverton Manor, allí había pasado los años más felices de su vida, antes de la marcha de su madre. Pero había pasado a pertenecer a Edoardo y no podía hacer nada al respecto.

Bella lo odiaba con una pasión que parecía enardecerse cada año que pasaba. Hervía y bullía en su interior y no creía que fuera a disminuir nunca. Él era su enemigo y estaba deseando que por fin dejara de tener el control de su vida.

Subió a las plantas superiores y admiró las vistas de cada ventana, recuperando sus recuerdos de la grandiosa mansión en la que había pasado su infancia, antes de ir a un internado. Su dormitorio estaba en la planta superior, junto con el apartamento destinado a la niñera y un cuarto para los juguetes más grande que los dormitorios de muchos niños. Esa zona aún no había sido renovada. La sorprendió descubrir que algunas cosas de su infancia seguían allí. No había vuelto para recogerlas tras la muerte de su padre. Se preguntó por qué Edoardo no las había empaquetado para enviárselas por correo.

Entrar en esa habitación fue como dar marcha atrás en el tiempo hasta un periodo en el que su vida había sido mucho menos complicada. Agarró un viejo osito de peluche y se lo llevó a la cara, inhalando el aroma de la inocencia infantil. Había sido muy feliz antes de que su madre se fuera. Su vida le había parecido perfecta. Pero había sido demasiado pequeña para captar las vicisitudes del matrimonio de sus padres.

En retrospectiva, con la sabiduría de la experiencia, Bella veía que su madre era una mujer veleidosa y temperamental, que pronto se había aburrido de la vida campestre. Claudia anhelaba atención y diversiones. Casarse con un hombre muy rico, veinticinco años mayor que ella, seguramente le había parecido excitante al principio, pero eso había dado paso al resentimiento por haber perdido sus alas de mariposa social.

Aunque Bella podía entender la frustración y soledad de su madre en su estéril matrimonio, seguía sin entender por qué Claudia la había dejado atrás. ¿No la había querido en absoluto? ¿Le había parecido su nuevo novio más importante que la hija a la que había traído al mundo?

Bella seguía sintiendo el aguijón de ese dolor. Había intentado superarlo, pero de vez en cuando resurgía. Aún recordaba la devastación que había sentido cuando su madre se marchó con su amante. Se había quedado en la escalera de entrada, mirando el coche alejarse, sin saber qué ocurría. ¿Por qué se iba su mamá sin decirle adiós? ¿Cuándo volvería? ¿Iba a volver algún día?

Bella suspiró y miró por la ventana. Sus ojos captaron un movimiento en el jardín. Dejó el osito en la estantería y se acercó a la ventana.

Edoardo bajaba hacia el lago, seguido por Fergus, unos pasos más atrás. De vez en cuando se detenía y esperaba a que el viejo perro lo alcanzara. Se inclinaba para acariciarle las orejas o el lomo antes de seguir caminando.

Su preocupación y cariño hacia el perro no encajaban con la imagen que tenía Bella de él: un tipo distante y solitario que evitaba las relaciones. Nunca había demostrado afecto a nadie antes. No había parecido dolerse por la muerte de su padre, si bien Bella no había estado allí para comprobarlo. En el funeral su rostro había sido marmóreo, apenas había dicho una palabra a nadie. En la lectura del testamento no había dado muestras de sorpresa, lo que parecía indicar que había participado en la redacción de las cláusulas.

Ese día lo había despellejado con la lengua. El aire había rezumado su vitriolo. Había vociferado y echado pestes sobre él. Incluso había estado a punto de abofetearlo. Pero él no había movido un músculo de la cara. La había mirado con condescendencia y escuchado su diatriba como si fuera una niña malcriada teniendo una pataleta.

Bella se apartó de la ventana con un suspiro de frustración. No sabía manejar a Edoardo. Nunca había sabido. En el pasado había intentado desecharlo como si fuera uno de los sirvientes, alguien a quien tenía que tolerar y con quien no tenía por qué interactuar si no era estrictamente necesario. Pero siempre la había inquietado su presencia. Le bastaba con mirarla para hacerle sentir cosas que no tenía derecho a sentir. Se preguntaba si lo hacía a propósito. Si pretendía azuzarla para demostrarle que estaba en sus manos hasta que cumpliera los veinticinco años.

Siempre la había considerado una princesa malcriada, una vividora superficial que gastaba dinero como agua. Cuando era muy jovencita ella había intentado entenderlo. Había intuido, por rumores y cotilleos locales, que procedía de un mundo muy distinto al suyo, pero cuando le preguntaba por su infancia él le mandaba callar y meterse en sus asuntos. Lo que más la irritaba era que debía de habérselo comentado a su padre, porque Godfrey le había prohibido expresamente volver a hablarle a Edoardo de su infancia. Había insistido en que tenía derecho a poder dejar atrás su pasado de delincuencia. Eso había creado otra brecha entre Bella y su padre, que se sintió aún más aislada e ignorada.

Con el paso de los años, su empatía hacia Edoardo se había convertido primero en desagrado, luego en odio. Durante su adolescencia lo había tentado con miradas y actitudes descaradas, destinadas a provocar una reacción. Su indiferencia la había airado. Estaba acostumbrada a que los chicos se fijaran en ella, le bailaran el agua y le dijeran lo guapa que era.

Él no había hecho nada de eso.

Era como si solo la viese como una niña irritante. Pero esa noche, cuando tenía dieciséis años, se había excedido. Armada con el valor proporcionado por el licor de cerezas, se había empeñado en que se fijara en ella. Se había sentado en su escritorio con la falda levantada hasta los muslos y los cuatro botones superiores de la blusa desabrochados, mostrando el escote que había empezado a florecer hacía dos veranos.

Él había entrado al despacho y había parado en seco al verla sentada como una cabaretera en su escritorio. Le había ladrado que lo dejara en paz, con su hosquedad habitual. Pero, en vez de irse como una niña asustada, se había bajado del escritorio, había ido hacia él y paseado las puntas de los dedos por su pecho. Incluso entonces él se había resistido, quedándose inmóvil como una estatua. Pero ella había visto cómo sus ojos oscurecían y cómo tragaba aire cuando su larga melena le rozó el brazo. Envalentonada, se apretó contra él, dejando que sus aromas se mezclaran.

Recordaba perfectamente el momento en el que él se había rendido, tras mantener el control durante largos segundos. La había agarrado con rudeza y atrapado su boca con furia. Había sido un beso de hambre y frustración, de ira y lujuria, de anhelos prohibidos, que la estremeció hasta lo más profundo de su ser. Cuando Edoardo por fin retiró la boca y la apartó de sí, notó que había tenido el mismo efecto en él.

Bella rechazó sus recuerdos y volvió al presente. Tenía que centrarse en su futuro.

Un futuro que no podía tener lugar sin la cooperación de Edoardo.

Unas horas después, Edoardo estaba en la cocina preparando comida. Notó el momento exacto en que Bella entraba en la habitación, a pesar de estar de espaldas a la puerta. No fue por el sonido de sus pisadas ni porque Fergus abriera un ojo y alzara una oreja. Fue por el cosquilleo que sintió en la nuca, como si ella le hubiera pasado sus finos y blancos dedos por el pelo. Su cuerpo siempre había percibido su presencia, como un radar sofisticado siguiendo a un objetivo. Había pasado años de su vida intentando ignorarla. Pero cuando ella alcanzó la adolescencia fue como si alguien pulsara un interruptor en su cuerpo y empezó a verlo todo: el largo y brillante cabello castaño, los enormes ojos de gacela, color marrón caramelo, enmarcados por largas pestañas oscuras.

Había notado la gracia con la que se movía, como una bailarina en la pista o un cisne surcando la superficie de un lago. Se había fijado en su piel de porcelana, de un blanco lechoso comparado con el tono oliváceo de la de él. Había captado su delicioso aroma, una mezcla de madreselva y azahar con un toque de vainilla. Con metro sesenta y cinco de altura era diminuta comparada con él, que medía uno noventa. Una de sus manos era más grande que las dos de ella juntas. Su cuerpo la habría aplastado si la poseyera.

Anhelaba poseerla. Llevaba latiendo de deseo desde que le había agarrado la muñeca. Sus dedos aún sentían el contacto de su piel suave como el satén. Se preguntaba si el resto de su cuerpo sería igual de sedoso.

Se preguntó cuánto tiempo tardaría en rendirse a la tentación. Siempre había tenido cuidado con ella, siendo distante hasta el punto de la grosería. No solo por respeto a su padre, también porque tenía la sensación de que lo afectaría en más sentidos que el meramente físico. No quería que lo usara como al resto de los hombres de su vida. Los hombres con los que salía no eran sino juguetes que aceptaba y desechaba a su antojo. Él no permitiría que nadie, ni siquiera Bella Haverton, lo utilizara como diversión.

–La cena estará lista en media hora –dijo.

–¿Quieres ayuda? –ofreció ella.

Edoardo se echó el paño de cocina sobre el hombro y se volvió hacia ella. Parecía joven, fresca e inocente, pero sofisticada y desafiante al mismo tiempo; una poderosa mezcla de la que ella siempre había sacado el mejor partido. Era como un camaleón: mujer niña, sirena sexy y ojos de gacela inocente, todo ello unido en un conjunto deslumbrante.

La ropa se ajustaba a su cuerpo de modelo como un guante. Era capaz de hacer que un saco de patatas pareciese un vestido de alta costura. Su maquillaje era sutil, pero acentuaba el tono caramelo de sus ojos y el grosor de sus pestañas. El brillo de labios hacía que su carnosa boca pareciera aún más tentadora y atractiva.

En ese momento estaba haciéndose la dama de hielo, pero Edoardo no se dejó engañar. No podía esconderle la reacción de su cuerpo. Era tan consciente de él como él de ella. Entre ellos había química sexual, una corriente que chisporroteaba siempre que sus ojos se encontraban.

–Puedes servir copas de vino para los dos –dijo–. Hay una botella de tinto abierta, o blanco en la nevera, si lo prefieres.

Ella sirvió dos copas de vino tinto y le entregó una. Sus dedos se rozaron cuando aceptó la copa y él vio un destello de reacción en los ojos marrones.

–*Salut* –dijo, sosteniendo su mirada.

–*Salut* –replicó ella. Se pasó la punta de la lengua por los labios y se levantó la copa.

A él siempre lo sorprendía lo sensual que era, aparentemente sin intentarlo siquiera. No podía dejar de mirar su boca que, tras un sorbo de vino, brillaba, carnosa y madura para un beso.

–¿Cómo conociste a ese novio tuyo? –preguntó Edoardo, desviando la vista de sus labios.

–Estaba sirviendo comida a los indigentes cuando salí del metro –dijo ella–. Me pareció asombroso verlo allí fuera, entre frío y humedad, repartiendo paquetes de comida y mantas. Empezamos a hablar e intercambiamos números de teléfono. El resto, como se suele decir, es historia.

–¿Cómo de en serio te lo tomas?

–Muy en serio –dijo ella, alzando la barbilla en desafío–. Quiero casarme en junio.

Él tomó un sorbo de vino y dejó la copa sobre la encimera. ¿Bella casada? Eso no ocurriría mientras él estuviera al mando.

–¿Eres consciente de que no puedes casarte sin mi permiso? –inquirió.

–¿Qué? –Bella parpadeó.

–Está claramente expresado en el testamento de tu padre. Tengo que aprobar tu elección de marido si decides casarte antes de los veinticinco años.

–Estás mintiendo –sus ojos se agrandaron para luego estrecharse–. No dice eso. Tienes el control de mi dinero, no de mi vida amorosa.

–Pregúntaselo a tu abogado –dijo él, dándole la espalda para remover el pollo.

Edoardo percibió como su furia se acrecentaba en el silencio. Volvía el aire pesado, como antes de una tormenta eléctrica.

–Tú le sugeriste esto a mi padre, ¿verdad? Ideaste esa estratagema para tener control absoluto sobre mí.

Edoardo dejó la cuchara de madera en un plato, se dio la vuelta y cruzó los brazos sobre el pecho.

–¿Por qué quieres casarte con el tal Julian?

–Estoy enamorada de él.

–Eso sí que es gracioso –descruzó los brazos y soltó una carcajada.

–Supongo que lo es para alguien totalmente carente de emociones –lo miró con acidez–. No reconocerías el amor aunque te mordiera la cara.

Edoardo volvió a mirar su boca, esos labios con los que había fantaseado durante años, recordando su blandura y suavidad bajo la presión de los suyos. Los había imaginado moviéndose sobre su cuerpo, besando y succionando hasta hacerlo explotar. Un dardo de ardiente lujuria lo abrasó. Podía imaginársela llevándolo al éxtasis con esa boca tan sexy. Sin duda sería todo un cambio respecto a sus insultos de gata salvaje.

–Ah, sí, pero reconozco la lujuria cuando la veo –dijo–. Y tú estás rebosando.

–¿Cómo te atreves? –siseó ella con ira.

–Me atrevo –replicó él, deslizando un dedo por el largo de su brazo.

–No me toques –apartó el brazo como si la hubiera quemado.

–Me gusta tocarte –gruñó él–. Hace que sienta cosas. Cosas malas. Cosas pecaminosas.

–Déjalo –ella tragó saliva con nerviosismo–. Déjalo ahora mismo.

–¿Qué tengo que dejar? ¿Dejo de mirarte? ¿Dejo de imaginar lo que sentiría al clavarme en ti hasta lo más profundo? ¿Al tenerte retorciéndote y gimiendo bajo mi...?

Ella levantó la mano tan rápidamente que él estuvo a punto de no pararla a tiempo. La capturó a milímetros de su mejilla, cerrando los dedos alrededor de su muñeca con fuerza.

–Puedo hacerlo con brusquedad si quieres, princesa –dijo–. Puedo hacerlo como tú quieras.

–Yo no te deseo –escupió cada palabra.

Sintió sus muslos chocar con los de él y la blandura de sus senos cuando rozaron su torso. Sintió su pulso descontrolado bajo los dedos. Y lo invadió una primitiva oleada de deseo, un rugido.

Sería fácil atrapar su boca como había hecho una vez antes. Saborearla, tentarla con el placer que crecía en su interior como agua en una presa. Ella estallaría como un petardo. Sabía que serían dinamita juntos. Ella necesitaba a alguien lo bastante fuerte para controlar sus impulsos y comportamientos temerarios. Los hombres con los que salía revoloteaban a su alrededor como polillas ante una luz brillante.

La haría suya. Lo sabía en los huesos. La tendría hasta hartarse y se la sacaría del sistema de una vez por todas.

Y ella disfrutaría de cada excitante segundo.

—¿Has controlado ya ese desagradable temperamento tuyo? —Edoardo soltó su muñeca.

—Compadezco a las mujeres que te llevas a la cama —se frotó la muñeca, fulminándolo con la mirada—. Seguramente salen de ella amoratadas de pies a cabeza.

—La dejan jadeantes, pidiendo más —dijo él con una sonrisa abrasadora.

—¿Por qué? —rezongó con desdén—. ¿Porque no sabes satisfacer a una mujer como es debido?

—¿Por qué no me pruebas y lo ves tú misma?

—Voy a comprometerme, ¿recuerdas?

—Eso es lo que dices. ¿Te lo ha pedido o estás preparando el camino por si lo hace?

—No siempre tiene que ser el hombre quien haga la propuesta —replicó ella, erizada—. ¿Qué tiene de malo que sea la mujer quien se declare?

—Eso podría funcionar una vez cada cuatro años, pero este no es bisiesto, así que tendrás que provocar una desviación en la media o esperar —Edoardo levantó su mano izquierda—. ¿Dónde está el anillo de compromiso?

—Están diseñándome uno especial —apartó la mano de un tirón.

—¿Quién va a pagarlo?

—¿Qué clase de pregunta es esa? —ella arrugó la frente.

—Así que vas a pagarlo tú —se burló él.

—No tengo por qué discutir esto contigo. No es asunto tuyo.

—Ahí es donde te equivocas, Bella —afirmó él—. Es

asunto mío no permitir que un cazafortunas te arruine. Por eso tu padre me nombró tu tutor financiero. No quería que se aprovecharan de ti antes de que tuvieras edad suficiente para entender cómo funciona el mundo.

–¡Tengo veinticuatro años! –clamó ella–. Sé cómo funciona el mundo. Mi padre era anticuado. Era dos generaciones mayor que los padres de mis amigos. No estabas obligado a aceptar ese estúpido nombramiento. Tendrías que haberlo convencido de que era innecesario. Así habría obtenido el control al cumplir los veintiún años.

–Con veintiuno eras demasiado joven. Y creo que sigues siéndolo. No sabes lo que quieres.

–No quiero que interfieras en mi vida –tenía las manos a los costados y apretaba los puños–. Quiero a Julian. Quiero ser su esposa. Quiero formar una familia. No puedes impedir que me case con él. Lucharé contra ti hasta conseguirlo.

–Lucha. Pero no ganarás, Bella –replicó él–. No permitiré que desperdicies el trabajo de toda la vida de tu padre con una elección de pareja impulsiva. Interrumpiré tu asignación y congelaré el pago de dividendos. No tendrás ni para tomarte un café, por no hablar de pagar una boda.

–¡No puedes hacer eso!

–¿Cuánto hace que conoces a ese hombre?

–El suficiente para saber que es mi media naranja –sus mejillas se arrebolaron.

–¿Cuánto tiempo? –insistió él.

–Tres meses –farfulló Bella. Al ver que él iba a ponerse a blasfemar, hizo un gesto para detener su retahíla–. Fue amor a primera vista.

–Eso es una bobada. Ni siquiera te has acostado con ese tipo. ¿Cómo sabes si sois compatibles?

–No espero que lo entiendas. Tú ni siquiera tienes alma.

Edoardo estaba bastante de acuerdo con eso. Su infancia le había castigado el corazón hasta que acabó ocultándolo para siempre. Había aprendido a no sentir nada excepto lo más básico. No había querido a nadie desde los cinco años. No estaba seguro de ser capaz de querer. Era un lenguaje que había olvidado. Necesitar a la gente abría las puertas a la vulnerabilidad, y él no iba a permitirse ser vulnerable nunca más.

–No hablemos de mí. Lo que me preocupa eres tú. Estás haciendo exactamente lo que tu padre temía: dejar que tu corazón rija tu cabeza. Tendría que ser al revés.

–Es imposible enamorarse por elección. Sencillamente... sucede.

–No estás enamorada de él. Estás enamorada del concepto de matrimonio y familia, de la idea de seguridad y respetabilidad.

–Me niego a seguir hablando de esto –dijo ella, yendo al otro la de la cocina con la copa de vino–. Voy a casarme con Julian y no podrás impedirlo.

–¿Está dispuesto a esperarte un año?

–Eres un bastardo controlador y despiadado –lo insultó ella con una mueca furiosa.

–Palabras, palabras –alzó su vino en un brindis.

Ella dejó la copa con tanta fuerza que el tallo se rompió y el vino salió volando. Dio un grito y saltó hacia atrás, agarrándose la mano derecha.

–¿Estás bien? –preguntó él, acercándose.

–Perfectamente –se mordió el labio inferior.

–Tontita. Podrías haberte cortado un tendón –dijo él tras agarrar su mano y ver un corte en la yema del pulgar.

–No es nada –intentó retirar la mano, pero él no se lo permitió. Lo miró con rabia.

–Necesitas una tirita. En el cuarto de baño de abajo hay botiquín. Ven conmigo.

Ella suspiró con frustración y permitió que la llevara al cuarto de baño.

–Puedo ponérmela sola. No soy una niña.

–Pues deja de comportarte como una.

–¿Por qué no dejas tú de actuar como un ogro?

–Siéntate en el taburete –ordenó Edoardo, abriendo el cajón donde estaba el botiquín.

–Es un arañazo –dijo ella recalcitrante, pero extendió la mano.

–Un poco más y habrías necesitado un punto –dijo él, examinando la herida.

–¡Ay! –se quejó ella.

–Lo siento.

–Apuesto a que no lo sientes –rezongó ella.

–Pues sí que me conoces bien.

–¿Te conoce alguien, Edoardo?

Él centró su atención en el pulgar y le puso una tirita con cuidado. Había pasado de gata furiosa a gentil paloma en un instante. Él la había visto usar su letal encanto con otros. Había visto a hombres adultos caer derrotados por su mirada de gacela. Conocía su poder femenino y lo explotaba siempre que tenía oportunidad.

Pero él no iba a permitir que lo manipulara.

–¿Por qué lo preguntas?

–No parece que tengas muchos amigos. No pareces necesitar a la gente como los demás.

–Tengo toda la compañía que necesito.

–¿Quién es tu mejor amigo?

–Ten cuidado con ese pulgar –dijo él. La soltó y se lavó las manos–. No querrás que se infecte.

–¿Edoardo?

–Iré a recoger los trozos de cristal antes de que Fergus los pise –anunció él, secándose las manos en una toalla.

–Lo siento... –ella se mordió el labio.

–Todos tenemos nuestros límites, Bella –dijo él, lanzándole una breve mirada antes de salir.

Capítulo 3

CUANDO Bella volvió del cuarto de baño, no quedaban rastros de vino ni de cristales en la cocina. Fergus seguía tumbado en su cama acolchada, cerca de la cocina. Edoardo estaba sirviendo un guiso de pollo y tomate que olía divino.

–¿Quieres cenar aquí o en el comedor? –preguntó, sin mirarla siquiera.

–Aquí está bien. Fergus parece haberse acomodado para pasar la noche.

–Está envejeciendo –dijo él, poniéndole un plato delante–. Últimamente se cansa bastante.

–¿Cuántos años tiene? –Bella arrugó la frente, intentando recordar–. ¿Siete?

–Ocho –replicó él–. Tu padre lo compró ese año que decidiste no venir a casa en Navidades.

Bella hizo una mueca al recordar cómo se había portado entonces, prefiriendo su vida social a su padre. No había sido un mero intento de evitar a Edoardo tras ese beso. La relación con su padre había cambiado tras la marcha de su madre. Él se había encerrado en el trabajo y pasaba largas horas en el despacho o en viajes de negocios, dejándola en manos de niñeras.

Cuando estaba en casa, apenas parecía ser consciente de su presencia. A ella la frustraba no estar más unida a él. Le daba pánico que la abandonara también pero, perversamente, había hecho lo posible para alejarlo. Lo culpaba por la marcha de su madre y se portaba fatal. Tenía terribles rabietas de gritos y patadas imposibles de controlar. Las niñeras no duraban mucho tiempo en casa. Al final, había accedido a irse a un colegio interna, aunque en realidad no era lo que quería.

–¿Crees que se sentía solo? –preguntó–. ¿Me echaba de menos?

–Claro que sí –dijo él, frunciendo el ceño.

–Nunca lo dijo.

–Era de carácter reservado.

–Después de que mi madre se fuera, se hizo muy difícil acercarse a él –Bella jugueteó con el borde del plato–. Pareció encerrarse en sí mismo. El trabajo se convirtió en el centro de su vida. Yo creía que no le importaba lo que me ocurriese, quizás porque le recordaba a mamá.

–Estaba dolido. La aventura de tu madre lo dejó destrozado.

Bella sintió el peso de la culpabilidad sobre los hombros. Ella había empeorado mucho la situación. No sabía por qué había sido tan egoísta, por qué había alejado de sí a su padre, en vez de consolarlo. Había terminado hiriéndolo tanto como había hecho su madre. Miró a Edoardo a la cara.

–A ti te importaba de verdad, ¿no?

–Tenía sus fallos –dijo él–. Pero era un buen hombre. Tenía mucho respeto por él.

–Creo que te veía como el hijo que nunca tuvo –afirmó ella–. Yo tenía celos por eso. No me sentía lo bastante buena para él.

–Él te quería más que a la vida misma –dijo Edoardo, volviendo a arrugar la frente.

–Yo solo era una chica –Bella encogió los hombros–. Él pertenecía a una generación en la que los hijos lo eran todo para un hombre. Me quería, pero siempre supe que en el fondo pensaba que era igual que mi madre. Sospecho que por eso orquestó las cosas así. No creía que tuviera suficiente sentido común para tomar mis propias decisiones.

–Lo preocupaba que fueras demasiado confiada –aclaró él–. No quería que te dejaras cegar por el encanto superficial o los halagos vacíos.

–Así que te adjudicó el papel de cancerbero –dijo Bella con amargura–. A un hombre que no malgasta el tiempo siendo encantador o adulando.

–Puedo ser encantador cuando hace falta –apuntó él, tomando un sorbo de vino.

–Eso me gustaría verlo –rio ella.

Siguió un breve silencio.

–Esta noche estás increíblemente guapa.

–Déjalo, Edoardo –se removió en la silla, inquieta.

–A veces fantaseo con tenerte en la cama conmigo.

–No estás siendo encantador, sino lascivo –enrojeció hasta el cuero cabelludo.

Él se inclinó hacia delante, apoyó los antebrazos en la mesa y la miró a los ojos.

–Te siento en mis brazos –dijo él–. Siento tu cuerpo rodear el mío con fuerza. Tú también lo sientes, ¿verdad Bella? Me sientes penetrándote. Lo sientes en este momento: duro. Grueso. Fuerte.

–¿Por qué estás haciendo esto? –tragó saliva.

–Te deseo –afirmó él, recostándose y levantando su copa de vino.

–No soy tuya y no puedes tenerme –repuso ella con una mirada altanera. Los ojos de él la retaron y sintió una especie de descarga eléctrica.

–Siempre has sido mía, Bella. Por eso me odias tanto. No quieres admitir cuánto me deseas. Te avergüenza sentir lujuria por un chico malo y sin pedigrí. Eso no se hace en los círculos que frecuentas, ¿verdad? Se supone que no puedes mezclarte con las clases bajas. Se supone que debes mezclar tu sangre con la alta sociedad, pero no puedes evitarlo, ¿eh? Me deseas.

–Preferiría bañarme en aceite hirviendo –dijo ella con desdén–. No tienes derecho a hablarme así. No he hecho nada para hacerte pensar que... me gustas –«O, al menos, no desde que era una tonta de dieciséis años», pensó–. No tienes lugar en mi vida. Nunca lo tuviste y nunca lo tendrás.

–Estoy en el centro de tu vida, nenita –se recostó en la silla y la miró con indolencia–. No puedes hacer nada sin mí. Podría interrumpir tu asignación ahora mismo, si me pareciera pertinente.

–No puedes hacer eso –a Bella se le desbocó el corazón. «Por favor, Dios, que no haga eso».

–Necesitas echar otra mirada a la letra pequeña del testamento de tu padre. ¿Por qué no lo haces? Tengo el número del abogado grabado en el móvil.

Bella miró el móvil que le ofrecía y tragó saliva. Sospechaba que él no diría eso si no fuera verdad. El testamento de su padre era increíblemente complicado. Lo había leído hacía años, pero estaba tan lleno de términos legales que era casi indescifrable. Que Edoardo fuera su tutor y fideicomisario lo hacía mil veces peor.

–¿Qué tengo que hacer para demostrar que soy lo bastante mayor para tomar mis propias decisiones, incluida la de elegir al hombre con quien deseo casarme? –preguntó.

–No tengo problema con que te cases –dijo él, tras escrutar su rostro–. Solo quiero asegurarme de que lo haces por las razones correctas.

–¿Qué razón podría haber, aparte de que lo quiero y deseo pasar el resto de mi vida con él?

–La gente se casa por muchas razones. Por conveniencia mutua, por cuestiones económicas, por acuerdos familiares...

–¿Por qué te resulta tan difícil aceptar que estoy enamorada de verdad? –inquirió ella.

–¿Qué es lo que amas de él?

Su mirada era tan directa que Bella se sentía intimidada, como si él estuviera viendo la parte más profunda de su ser, donde ocultaba sus inseguridades. No quería que cuestionara su amor por Julian. Lo amaba y punto. Era perfecto para ella, hacía que se sintiera especial.

Hacía que se sintiera segura.

–Amo que dedique tanto tiempo y energía a la gente menos afortunada. Le importan las personas. Todas ellas. Puede hablar con cualquiera. Da igual que sean ricos o pobres. No hace distinciones.

–¿Algo más? –preguntó él tras un largo silencio.

–Adoro que me ame y no tema decírmelo.

–Las palabras son baratas. Cualquiera puede decirlas. Lo importante es saber si son verdad.

–¿Has estado enamorado alguna vez? –Bella le lanzó una mirada de lo más directa.

–No –él torció la boca de medio lado, como si la idea le pareciera graciosa.

–Pareces muy seguro de ello.

–Lo estoy.

–¿Ni siquiera un enamoramiento pequeñito?

–No.

–Entonces, ¿practicas el sexo solo por la liberación física que ofrece? –cuestionó ella.

–Esa es mi única razón para el sexo –la abrasó con los ojos–. ¿Qué me dices de ti?

Bella sintió un estremecimiento de deseo prohibido que la recorría de arriba abajo. Su cuerpo siseó y cada nervio entró en estado de alerta. Se removió en el asiento y cruzó la piernas por debajo de la mesa, pero eso solo sirvió para concentrar las sensaciones en el centro de su sexo. Era como si solo con mirarla conectara con su femineidad. La estaba acariciando con la mirada, haciéndole el amor con la mente. Lo veía en su expresión, en la curva sensual de sus labios y en la mirada velada que clavaba en su boca.

Sentía su beso igual que si hubiera acortado la distancia entre ellos y presionado la boca contra la suya. Sus labios ardían y su lengua deseaba enzarzarse con la de él. Sentía los pechos llenos y sensibles bajo el encaje del sujetador. Tenía las bragas húmedas, notaba que las estaba mojando y se preguntaba si él era consciente del poder sensual que tenía sobre ella.

«Por supuesto que es consciente», pensó.

–No has contestado a mi pregunta.

–Porque no es asunto tuyo –dijo Bella, notando que el rubor teñía sus mejillas.

–Tú preguntaste antes –señaló él–. Lo justo es lo justo y todo eso.

–El sexo es una parte importante de una relación íntima –dijo ella. Apretó los labios un instante–. Es una oportunidad de conectar tanto física como emocionalmente. Crea un vínculo más fuerte entre dos personas que se quieren.

–Suenas como si acabaras de leerlo en un libro de texto –se burló él–. ¿Qué tal si me dices lo que piensas de verdad?

El rubor de Bella se intensificó y pareció extenderse por todo su cuerpo. Sentía calor. Se estaba abrasando. Nunca había mantenido una conversación como esa, ni siquiera con una de sus mejores amigas.

El sexo era algo que había tenido que trabajar. Nunca se había sentido demasiado cómoda con su cuerpo. En sus relaciones sexuales pasaba la mayor parte del tiempo preocupándose por la celulitis de sus muslos o por si su pareja estaba comparando sus pechos con los de otra mujer.

En lo relativo al placer tampoco se sentía segura. Nunca había conseguido tener un orgasmo con una pareja. No era capaz de relajarse lo bastante como para dejarse ir.

Por eso Julian había supuesto un cambio tan refrescante con respecto a sus novios anteriores. Nunca la había presionado para practicar el sexo. Le había dicho que era célibe y pretendía seguir siéndolo hasta que estuviera casado. Había hecho esa promesa a Dios e iba a cumplirla. Eso le había parecido tan entrañable, tan digno de admiración, que Bella había decidido que sería el esposo perfecto para ella.

—Creo que el sexo significa cosas distintas para cada persona —dijo ella por fin—. Lo que está bien para una podría no ser bueno para otro. Todo es cuestión de sentirse lo bastante cómodo para expresarse de manera... sexual.

—¿Cómo sabes si estarás cómoda con el tal Julian? —inquirió él.

—Porque sé que siempre me tratará con respeto —levantó la copa de vino para hacer algo con las manos—. Opina que el sexo es un regalo de Dios que debe considerarse un tesoro, no algo que puede deshonrarse con exigencias egoístas.

–Quieres decir que rezará antes de apartar las sábanas en vuestra noche de bodas –rezongó él, irónico.

–Eres un auténtico pagano –lo taladró con los ojos.

–Y tú una tontita –le devolvió él–. No tienes la menor idea de en qué te estás metiendo. ¿Y si te está ocultando quién es en realidad? ¿Y si ese rollo del celibato no es más que una estratagema para echar mano a tu dinero?

–Oh, por Dios santo.

–Lo digo en serio, Bella –su mirada azul verdoso se volvió intensa y seria–. Eres una de las mujeres más ricas de Gran Bretaña. No es extraño que los hombres hagan cola a tu puerta.

–Supongo que nunca se te ha ocurrido que eso podría deberse a mi deslumbrante belleza y a mi vivaz personalidad –su expresión se volvió gélida.

Él abrió la boca para decir algo, pero volvió a cerrarla. Soltó el aire lentamente y se apartó un mechón de pelo que le caía sobre la frente.

–Tu belleza y tu personalidad no se cuestionan. Solo creo que tendrías que ser más objetiva respecto a este asunto.

–Eso lo dice un hombre que lo mide todo con cheques y balances –puso los ojos en blanco–. ¿Nunca haces cosas simplemente porque te parece que están bien?

–No me guío por instinto –replicó él sin dejar de mirarla–. Es demasiado fácil permitir que la inversión emocional en algo o alguien nuble el buen juicio. Cuanto mayor es la inversión, más difícil es ver las cosas y a las personas como son.

–¿Cuándo te volviste tan cínico? –preguntó Bella.

–Nací así –desvió la mirada y rellenó las copas de vino. El ruido del líquido cayendo en el cristal resultaba ensordecedor en el silencio reinante.

–No me lo creo.

–¿Sigues queriendo salvar mi pobre alma, Bella? –preguntó él con su media sonrisa burlona–. Creí que habías renunciado a la misión hace años.

–¿Le has contado tu infancia a alguien? ¿Has hablado de tu procedencia?

–No hay nada que contar –una máscara pareció asentarse sobre sus rasgos.

–Tienes que haber tenido padres. Madre, al menos. ¿Quién era ella?

–Déjalo, Bella.

–Tienes que recordar algo de tu infancia –insistió Bella–. No puedes haberlo bloqueado todo. No naciste siendo un adolescente rebelde. Una vez fuiste un bebé, un niño, un chiquillo.

–Apenas recuerdo nada de mi infancia –dijo él. Resopló con impaciencia y tomó un trago de vino.

Bella observó el movimiento de su nuez. Aunque su expresión era inescrutable, notó ira en su forma de tragar, ira y algo más que no pudo definir.

–Cuéntame lo que recuerdes –pidió.

Siguió un silencio largo y sombrío. El ambiente se espesó como si el techo hubiera descendido, comprimiendo el oxígeno de la habitación.

Bella siguió escrutando sus facciones. Captó el latido de una vena en su sien y cómo las arrugas que tenía a los lados de la boca se hacían más profundas. Abrió las aletas de la nariz al inhalar y sus ojos se volvieron duros como el granito. Vio que apretaba el tallo de la copa con tanta fuerza que los nudillos se le ponían blancos.

–¿Por qué te echaron de todos esos hogares de acogida?

–¿Por qué crees tú que me echaron? –clavó en ella

los ojos, oscuros y brillantes, provocándole un escalofrío–. Era un rebelde. Una causa perdida. Malo hasta la médula. Sin redención posible.

Bella tragó para deshacer el nudo que sentía en la garganta. Era intimidante cuando se ponía así, pero estaba empeñada en saber más de él. La intrigaba su naturaleza enigmática. Su actitud distante siempre la había atraído.

–¿Qué les ocurrió a tus padres?

–Murieron –lo dijo como si las palabras no significaran nada para él. No demostró la menor emoción. Su rostro era como el de una estatua de mármol, una máscara impenetrable.

–¿Así que eras huérfano? –apuntó Bella.

–Sí, ese soy yo –soltó una risita e hizo girar la copa–. Un huérfano.

–¿Desde cuándo? Quiero decir, ¿qué edad tenías cuando murieron tus padres?

Él tardó una eternidad en contestar. Bella esperó en silencio. Parecía estar librándose una batalla de voluntades entre dos partes de Edoardo: el solitario distante que no necesitaba a nadie, y el hombre que había tras la máscara y sí tenía anhelos secretos.

–No recuerdo a mi padre –dijo él, con la misma expresión vacía e indiferente.

–¿Murió cuando eras un bebé? –adivinó ella.

–Sí –seguía sin mostrar ninguna emoción. Ni dolor ni sensación de pérdida.

–¿Qué ocurrió? –preguntó Bella unos segundos después. Al principio creyó que no iba a contestar, porque el silencio se alargó interminable.

–Una accidente de motocicleta –dijo por fin–. No llevaba casco. Debió de ser muy desagradable.

–¿Y tu madre?

–Yo tenía cinco años –dijo él, volviendo a hacer girar el vino en la copa. Un tendón de su mandíbula se movía espasmódicamente.

–¿Qué le ocurrió?

–Murió.

–¿Cómo?

–Suicidio –dijo él tras otro cargado silencio.

–Oh, Dios mío, eso es terrible –gimió ella con expresión horrorizada.

–La vida no fue buena con ella tras la muerte de mi padre –encogió los hombros con indiferencia. Después, echó la cabeza hacia atrás, vació la copa de un trago y la dejó en la mesa.

Bella arrugó la frente al pensar en él como un niño sin madre. Ella había quedado devastada el día que su madre se marchó pero al menos había sabido que estaba viva. Se preguntó cómo habría sobrellevado Edoardo la pérdida de su madre siendo tan pequeño.

–Tu padre era italiano, ¿no?

–Sí.

–¿Y tu madre?

–Inglesa. Conoció a mi padre durante unas vacaciones en Italia.

–¿Quién te cuidó después de su muerte.

Él dejó la servilleta junto al plato y se apartó de la mesa. Su expresión se cerró como una puerta que quisiera ocultar las vistas.

–Fergus necesita salir –dijo–. Ya no puede agacharse para usar la puerta para mascotas.

Bella arrugó la frente mientras lo observaba salir de la habitación. Le había contado cosas que estaba casi segura de que ni siquiera le había contado a su padre. Godfrey le había dicho que Edoardo siempre se había negado a hablar de su infancia y que no lo presionara para hacerle revelar cosas que quería olvidar. Ella, como su padre, había asumido que era porque Edoardo se avergonzaba de sus orígenes, tan distintos de los de ellos. Había desperdiciado su juventud con comportamientos rebeldes que lo habían alejado de la gente que quería ayudarlo. Había utilizado las mismas palabras con las que lo describían las autoridades: rebelde, causa perdida, malo hasta la médula, sin redención posible. Se preguntaba si realmente era alguna de esas cosas y qué le había ocurrido para hacerle desconfiar tanto de la gente. ¿Qué lo había convertido en el enigma que era?

También se preguntó qué diablos le importaba todo eso a ella. No era asunto suyo.

Él era su enemigo.

La odiaba tanto como ella a él.

Se mordió el labio inferior mientras miraba su silla vacía. No debería importarle lo que le había ocurrido. Había sido adusto y poco comunicativo desde que lo conocía. Era obvio que había inducido a su padre a otorgarle su confianza y había terminado teniendo el control de la vida de Bella. No había hecho otra cosa que pincharla y ridiculizarla desde que ella había llegado a la que había sido su hogar familiar. Estaba amenazándola con arruinar sus planes de boda. Era el clavo en la madera, la mosca en el aceite, la pared de ladrillo que debía saltar o derribar.

No debería importarle pero, sorprendentemente, le importaba.

Capítulo 4

EDOARDO esperó a que Fergus olisqueara cada árbol y arbusto del jardín mientras la luna los observaba con su sabio y silencioso ojo de plata. El aire era frío y limpio; el olor a tierra húmeda era como una poción curativa.

Le aclaraba la cabeza.

Le hacía poner los pies en la tierra.

Le recordaba cuánto había avanzado desde su vida anterior, una vida en la que no había tenido control. Ni esperanza. Solo dolor y sufrimiento.

Haverton Manor era su santuario, el único sitio al que había llamado hogar. El único sitio al que había deseado llamar hogar.

Apretó los puños y luego los abrió lentamente. El pasado, pasado estaba. No tendría que haber permitido que Bella se metiera bajo su piel y aguijoneara la dura costra que cubría lo poco que le quedaba de alma. En su interior albergaba heridas que no permitiría que viera nadie. Las cicatrices que llevaba en la parte exterior del cuerpo no eran nada comparadas con las de dentro. No soportaba la compasión. No aguantaba el interés de la gente en lo que él quería olvidar. No quería que lo vieran como una víctima. No tenían tiempo para la gente que se veía como víctima.

Él era un superviviente.

No permitiría que su pasado ensombreciera su futuro. Había demostrado que todos sus críticos se habían equivocado. Había hecho algo de sí mismo. Había utilizado cada oportunidad ofrecida por Godfrey Haverton para mejorar. Tenía educación. Era rico. Tenía cuanto había soñado cuando era un niño que se encogía ante los golpes de borracho de un padrastro cruel y sádico. Había visualizado su futuro mentalmente para bloquear lo que le estaba ocurriendo: imaginaba los coches de lujo, los verdes prados de una finca campestre, la opulenta mansión, las mujeres bellas y la ropa exclusiva.

Había hecho que todo se hiciera realidad.

La hacienda Haverton era suya: cada campo y prado, cada colina y ladera, el lago, los bosques y, en especial, la casa solariega, su opulenta residencia, el símbolo inequívoco de que había dejado atrás su pasado.

Nadie podría quitársela. Nadie podría echarlo a la fría y húmeda calle. Nadie podría negarle un techo bajo el que cobijarse.

Cuando era niño había soñado con tener una propiedad como esa. Su propio fortín, su castillo y su base. Su hogar.

Godfrey había sabido lo importante que era la casa para él: era el primer sitio en el que se había sentido seguro. El primer sitio en el que había echado raíces. El primer sitio en el que había encontrado amistad y lealtad. Entre esas paredes había aprendido cuanto necesitaba aprender para sacar partido de su vida. Antes de llegar allí había estado a punto de rendirse. Había dejado de importarle lo que le ocurriera. Pero Godfrey había despertado algo en él con su actitud callada y paciente. No lo había presionado para que se abriera. No lo había sobornado ni coaccionado en modo alguno. Simplemente había plantado las semillas de la esperanza en la mente de Edoardo, semillas que se habían desarrollado y crecido hasta que Edoardo empezó a ver la posibilidad de cambiar su vida, de convertirse en algo más que una víctima de la crueldad y de las circunstancias.

Ya no era el niño lastimero con miedo continuo a ser abandonado, sin nadie a quien recurrir, sin nadie que lo amara ni a quien amar. Ya no era el meditabundo adolescente resentido.

No dependía de nadie para su felicidad.

No necesitaba a nadie excepto a sí mismo. Era autónomo. No quería las ataduras y responsabilidades que otros veían como parte de la vida. El matrimonio y los hijos nunca habían formado parte de su visión de futuro. La vida era demasiado incierta para arriesgarse a eso. Podría ocurrirle lo mismo que le había pasado a su padre: morir joven y dejar esposa e hijo para que salieran adelante como pudieran, presas fáciles para los depredadores sin conciencia que estaban dispuestos a todo para conseguir dinero para drogas y alcohol.

No. Estaba bien solo; perfectamente bien.

Cuando volvió a entrar, Bella estaba en la cocina metiendo los platos en el lavavajillas. Era una escena doméstica que no estaba acostumbrado a ver. Nunca la había visto mover un dedo en la casa. Había crecido con un ejército de sirvientes dispuestos a satisfacer todos sus caprichos. Edoardo siempre había pensado que su padre era demasiado indulgente con ella. No había tenido que trabajar en su vida; le habían entregado todo en bandeja de plata adornada con el escudo de armas de los Haverton. Desde muy pequeña había paseado por allí dando órdenes, como si ya fuera la señora de la casa. Ni siquiera de adulta había tenido en cuenta los sacrificios que había hecho Godfrey Haverton para proporcionarle un futuro seguro. Ni siquiera había tenido la decencia de estar a su lado cuando tomó su último aliento.

Había sido él quien contempló el tránsito de Godfrey de la vida a la muerte.

Él, quien había sujetado su frágil mano y escuchado el sonido de su respiración abandonando lentamente su esquelético cuerpo.

Él, quien había cerrado los ojos de Godfrey en el momento de su descanso final.

Él, quien había llorado de dolor al perder a la única persona del mundo que había creído en él de verdad. En el lecho de muerte de Godfrey había jurado que, en su honor, protegería a Bella. Se aseguraría de que no se metiera en problemas mientras durase la etapa de tutela. No permitiría que malgastara el dinero que tanto le había costado ganar a su padre. Y, entretanto, seguiría restaurando Haverton Manor, para que no dejara de ser la grandiosa residencia que tanto había amado Godfrey; así mantendría viva una parte de su mentor y amigo.

—Iba a hacer café —dijo Bella, cerrando el lavavajillas y enderezándose. Se humedeció los labios con la lengua—. ¿Te apetece uno?

—¿Estás diciendo que sabes hervir agua? —Edoardo no pudo evitar mofarse de ella.

—Estoy intentando ser agradable contigo, Edoardo —frunció los labios—. Lo mínimo sería que intentaras encontrarte conmigo a medio camino.

—¿Agradable? —emitió un bufido de irrisión—. ¿Así es como lo llamas? Me estás dorando la píldora para conseguir lo que quieres.

–No es cierto –refutó ella–. He estado pensando en lo que me contaste de tus padres, en que te quedaras huérfano siendo tan pequeño. No entendía lo devastador que debió...

–Déjalo, princesa –ordenó él con violencia.

–Pero ¿no te ayudaría hablar de ello?

–No hay nada de qué hablar –sacó la lata de café molido de la despensa y la dejó en la encimera. Llenó la cafetera de agua, echó el café en el filtro y la encendió; sus manos aferraban la encimera con tanta fuerza que los tendones resaltaban, blancos, sobre la piel morena. Se preguntó si ella no iba a rendirse nunca. No sabía por qué las mujeres tenían esa necesidad de saberlo todo, de hablar de todo. Él quería bloquear el recuerdo, relegarlo al olvido.

Quería y necesitaba dejarlo atrás.

La cafetera siseó y el agua empezó a gotear.

Edoardo oyó que ella se movía. Tenía un paso ligero y silencioso, pero aun así se le erizó el vello de la nuca. La sintió detrás de él. Podía oler su perfume. Si ella lo tocaba, perdería el control. Ya estaba tensado al máximo. Era como una fiera salvaje sujeta solo por una fina cadena oxidada. Algún día, uno de esos frágiles y corroídos eslabones se rompería.

La oyó tomar aire y luego decir su nombre con voz suave y titubeante. Fue como una caricia para su piel. Como el suave roce de una pluma.

Esperó un segundo antes de darse la vuelta y mirarla. Su bello rostro acorazonado se alzaba hacia él y los grandes ojos marrones lo miraban, suaves y brillantes; tenía los labios rosados, carnosos y húmedos.

–Sé lo que estás haciendo –le dijo con cinismo–. Siempre usas tu encanto cuando quieres algo. Te he visto hacérselo a tu padre cientos de veces. Pero pierdes el tiempo. Conmigo no funcionará.

–¿Por qué tienes que ser tan... tan bestia? –preguntó ella con expresión ácida.

–Me niego a ser manipulado, por ti o por cualquier otro. Le hice una promesa a tu padre y voy a cumplirla.

–Quiero casarme aquí –dijo ella con una mirada combativa–. He soñado con eso toda mi vida. Mi padre lo habría querido. No puedes negarlo.

Edoardo pensó en la multitud de intelectualoides vacuos que la rodearían como abejas a un tarro de miel. La prensa asolaría la finca. Recorrerían su dominio privado como hormigas en una merienda campestre. Su santuario se convertiría en escenario de una fiesta. Y, por si no bastara con eso, tendría que ver a Bella sonreír a un tipejo presumido que, casi con toda garantía, solo la quería por su dinero.

–No –dijo él–. No lo habría querido, porque, si fuera así, te habría dejado la finca y la casa a ti.

–Estás haciendo esto a propósito, ¿verdad? –estrechó los ojos hasta que se convirtieron en finas rayitas–. Todo eso de que me deseabas era basura. No me deseas en absoluto. Quieres el poder. Es lo que te excita, ¿verdad? Solo quieres la descarga de adrenalina que te provoca tenerme en la palma de tu incivilizada mano.

Edoardo capturó una de sus muñecas y la sujetó con fuerza. El impulso de tocarla había sido irresistible. Apenas era consciente de haberlo hecho cuando oyó su gemido y vio cómo se dilataban sus pupilas. Notó como se aceleraba su pulso de repente. La atrajo hacia él, centímetro a centímetro, observando sus ojos agrandarse.

–Tal vez debería enseñarte cómo de incivilizado puedo ser –le dijo con voz sedosa.

El pulso de ella se volvió loco bajo sus dedos cuando la atrajo contra su entrepierna hinchada. Ella tragó saliva y se lamió los labios mientras miraba su boca, cada vez más cercana.

–Si me besas, te sacaré los ojos –su voz era un susurro que no cuadraba con la amenaza.

–¿Antes o después de que te bese?

–Mientras lo haces –los ojos de ella brillaban cargados de odio. Él sostuvo su mirada un instante.

–Entonces será mejor que no me arriesgue –dio un paso atrás y agarró las llaves que colgaban de un gancho, cerca de la puerta.

Ella parpadeó un par de veces, como si hubiera esperado que pusiera a prueba su farol.

–¿Adónde vas? –preguntó.

–Afuera –lanzó las llaves al aire y las atrapó con soltura.

–Afuera, ¿adónde? –preguntó ella frunciendo el ceño–. Es casi medianoche.

–¿Puedes dejar salir a Fergus antes de irte a la cama? Puede que no vuelva hasta el amanecer.

–¿Así es como evitas el radar de la prensa? –lo miró con irritación–. ¿Celebrando tus encuentros de madrugada?

–A mí me funciona –abrió la puerta de la cocina empujando con el hombro.

–Me asqueas –dijo ella, cáustica.

–Lo mismo digo, princesa –contesto él. Dejó que la puerta se cerrara a su espalda.

Bella estaba demasiado disgustada para dormir. Dio vueltas y vueltas, y contó ovejas y perros pastores. Se levantó y bebió un vaso de agua. Fue tres veces a ver cómo estaba Fergus. Su mente no podía dejar de conjurar imágenes de Edoardo con una de sus mujeres anónimas. La indignaba que pudiera salir así y encontrar a alguien que satisficiera su lujuria sin más. Imaginaba el tipo de mujer que buscaría: vulgar y llamativa, y sexualmente segura de sí misma. Sus amantes no se angustiarían por sus pechos o sus muslos, ni se preocuparían de si se habían hecho la cera en las ingles, ni temerían no mostrar el entusiasmo adecuado en la cama. Él haría que respondieran con solo mirarlas, como hacía con ella.

–Ggrrrrr –gruñó apartando la ropa de cama para levantarse una vez más.

Estaba en el jardín, esperando a que Fergus regresara, cuando vio la luz de los faros del coche de Edoardo en la distancia, recorriendo el largo camino hasta la casa desde la entrada de la finca.

–¿Fergus? –llamó con voz suave–. Vamos, date prisa. Me estoy quedando congelada de frío.

Seguía sin haber rastro del perro cuando el coche de Edoardo entró al garaje. Bella escuchó sus pasos resonar en la gravilla de la entrada. Se refugió en las sombras de la casa, apretando la bata contra su cuerpo. No quería que él pensara que había perdido el sueño por culpa de su excursión nocturna ni que había estado esperando su regreso aunque, al menos subconscientemente, lo había hecho.

El silencio era inquietante, antinatural.

Los sonidos nocturnos, que momentos antes habían parecido tan ruidosos como una orquesta en pleno ensayo, se habían detenido como silenciados por la batuta del director.

Bella caminó hacia la puerta con la espalda contra la fría y dura piedra de las paredes. Tenía la piel de gallina y el corazón desbocado. Poco a poco, llegó a la ventana de la sala de día. Tomó aire y empezó a trepar por el enrejado, al que se aferraba el esqueleto retorcido de una clemátide. De repente, un par de fuertes brazos la agarraron desde atrás.

–Ohhh –gimió, cayendo de espaldas contra un fuerte cuerpo masculino.

–¿Bella? –Edoardo le dio la vuelta y la miró con asombro–. ¿Qué demonios haces aquí?

–Hola... –ella levantó la mano a modo de saludo y esbozó una sonrisa avergonzada.

La sorpresa de él se transformó en furia.

–¿Se puede saber a qué juegas? –preguntó–. Podría haberte hecho daño. Pensé que eras un ladrón.

Bella enderezó la bata que, en el forcejeo, se le había caído de un hombro. Seguía sintiendo un cosquilleo en las partes del cuerpo que él había presionado con el suyo. Su corazón daba botes.

–¿Sueles derribar a los ladrones al suelo? –preguntó con una mirada irónica.

–No generalmente –se pasó la mano por el pelo–. ¿Estás bien?

–Lo estaré cuando mi corazón vuelva al sitio que le corresponde –dijo ella con un amago de humor–. Me has dado un susto de muerte. No te he oído hacer ningún ruido. Creía que habías ido hacia el otro lado de la casa.

–¿Qué diablos hacías? –preguntó él, ceñudo.

–Había dejado salir a Fergus un rato.

–¿Y por qué te escondías entre las sombras como una intrusa?

–No quería que me vieras... –encogió los hombros, sintiéndose tonta y ridícula.

–¿Por qué no?

–No estoy... –señaló su bata–, eh... vestida.

–Te he visto con mucho menos.

Bella se alegró de estar a la luz de la luna, porque empezó a arderle el rostro.

–¿Qué tal ha ido tu cita? –preguntó.

–¿Dónde está Fergus? –inquirió él, con expresión inescrutable.

–Buena pregunta –contestó ella de camino a la puerta de la cocina–. Intentaba encontrarlo cuando volviste. No es muy obediente, ¿verdad?

–Está sordo y casi ciego. No tendrías que haberlo dejado solo. Se desorienta por la noche.

–Tú fuiste quien lo dejó aquí para ir a pasarlo bien –le devolvió ella–. Encuéntralo tú. Yo me vuelvo a la cama.

Era media mañana cuando Bella bajó la escalera al día siguiente. Suponía que Edoardo llevaba en pie desde el amanecer, o tal vez no se hubiera acostado, al menos en su propia cama. Esa idea le provocó cierto resentimiento.

Estaba bebiendo té y comiendo una magdalena cuando oyó un vehículo acercarse a la casa. Salió afuera y contempló a la conductora, una mujer delgada y elegante de unos treinta años, bajar del coche.

–Hola –saludó la mujer con una sonrisa amistosa–. Tú debes de ser Bella. Soy Rebecca Gladstone. Hace unos meses que vivo en la zona.

–Oh, hola –respondió Bella.

–¿Está Edoardo? –preguntó Rebecca–. Pasaba por aquí y pensé en echarle un vistazo a Fergus.

–¿A Fergus?

–Soy la nueva veterinaria –Rebecca sonrió.

–Ah... –Bella forzó una sonrisa. Se preguntaba si era la última amante de Edoardo. Guapa, con clase, educada, buena con los animales y probablemente también con los niños. Sintió una leve opresión cerca del corazón. No había esperado que a él le gustara alguien tan agradable. Se preguntó si eso significaba que acabaría casándose y llenando Haverton Manor con una tropa de niños y mascotas. Le había robado su casa y luego le robaría su sueño. Tendrían que ser sus hijos y sus mascotas los que llenaran la finca, no los de él.

–Ven por aquí –dijo–. Fergus está durmiendo en la cocina.

Bella observó a Rebecca saludar al perro. Fergus, el viejo idiota, casi babeaba de placer. Agitaba el rabo con el ritmo de un metrónomo que hubiera recibido una dosis de esteroides. Patético. Absolutamente patético.

–Parece conocerte muy bien –comentó.

–Sí, somos viejos amigos, ¿verdad, Fergus? –Rebecca le rascó las orejas.

Bella deseó odiarla, pero no pudo llegar a tanto. Decidió odiar a Edoardo un poco más por elegir a alguien tan malditamente perfecta. ¿Por qué no podía tener una amante superficial y egoísta a la que pudiera criticar sin ningún resquemor?

Tras examinar al perro durante unos minutos, Rebecca se puso en pie.

–Dejaré unas vitaminas por si no come lo suficiente –dijo sacando una botellita y dejándola en la mesa–. Los lebreles irlandeses no suelen vivir mucho más de ocho años. Está bien para su edad, pero es mejor prevenir por seguridad.

–Gracias –Bella forzó otra sonrisa.

–¿Cuánto tiempo vas a quedarte? –preguntó Rebecca.

–Solo unos días. Últimamente no he venido mucho. Desde el funeral de mi padre, la verdad –«Desde que entregó mi hogar a mi peor enemigo», añadió Bella para sí.

–Estoy segura de que Edoardo agradecerá la compañía –Rebecca cerró su bolsa–. Trabaja demasiado, pero supongo que no hace falta que te lo diga.

–No creo que Edoardo disfrute demasiado de mi compañía –Bella frunció los labios.

–Oh –Rebecca la miró intrigada–. ¿Por qué dices eso?

Bella deseó no haber sido tan transparente, pero era un poquito tarde para retirar lo dicho. Además, no tenía por qué dar una versión endulzada de su relación con Edoardo. Probablemente él la criticaba ante Rebecca cuando tenía oportunidad.

–Cree que sigo siendo una niña malcriada e inmadura –«Igual da ocho que ochenta», pensó.

–¿Lo conoces desde hace mucho tiempo? –preguntó Rebecca, tras estudiarla un momento.

–Desde que tenía siete años.

–Entonces, ¿sois como hermano y hermana?

–Umm, no exactamente –Bella se sonrojó a su pesar–. Distamos de ser amigos del alma.

–Es tu fideicomisario financiero, ¿no?

Bella se sintió como una estúpida. ¿Quién tenía fideicomisarios a esas alturas? Solo los niños menores de dieciocho o los ancianos aquejados de demencia senil.

–Sí. Supongo que Edoardo te lo ha contado.

–Tranquila –Rebecca le ofreció una sonrisa tranquilizadora–. No lo oí de él, nunca habla de ti. Lo comentó la señora Baker. Me contó que tu padre lo organizó todo de forma muy complicada.

–Muy complicada, sí –Bella soltó un resoplido–. No puedo hacer nada sin la aprobación de Edoardo. Es de lo más molesto.

–Estoy segura de que nunca te impediría hacer algo que desearas de verdad –apuntó Rebecca–. Además, dentro de poco serás libre para hacer lo que quieras. Si no recuerdo mal, la señora Baker dijo que solo es hasta que cumplas los veinticinco.

–O hasta que me case.

–¿Y piensas hacerlo dentro de poco? –Rebecca miró la mano izquierda de Bella.

–Aún no es oficial –dijo Bella–. Estoy esperando a que él vuelva de un viaje al extranjero para anunciar el compromiso.

–Enhorabuena. Supongo que estás muy emocionada.

–Lo estoy –asintió Bella. «O lo estaría si Edoardo no se interpusiera a mis planes».

Se oyeron unos pasos firmes y Bella contempló cómo las mejillas de Rebecca Gladstone adquirían un leve tinte rosado al ver entrar a Edoardo. Él miró al perro y luego a Rebecca.

–¿Ha pasado algo? –preguntó.

–Estaba en la zona y se me ocurrió acercarme –explicó Rebecca–. He dejado unas vitaminas para Fergus. Reforzarán su sistema inmunitario.

–Gracias –dijo Edoardo–. ¿Cuánto te debo?

–¿No soy yo la que se lo debo? –dijo Bella con una mirada aviesa–. Al fin y al cabo, era el perro de mi padre.

–No me debéis nada ninguno de los dos –intervino Rebecca–. Era un paquete de muestra –sonrió a Edoardo. ¿Me acompañas al coche?

–Claro –aceptó él con rostro inexpresivo.

–Ha sido un placer conocerte, Bella –dijo Rebecca–. Espero que disfrutes de tu estancia.

–Lo haré –dijo Bella con una gran sonrisa.

–Está enamorada de ti –dijo Bella en cuanto Edoardo regresó, unos minutos después.

–Y eso lo sabes ¿por? –preguntó él, abriendo el grifo y llenando un vaso de agua.

–Se sonrojó en cuanto entraste en la habitación.

–Que una mujer se sonroje no implica que esté enamorada –refutó él–. Piensa en ti, por ejemplo –la recorrió con la mirada–. Podría hacer que te sonrojaras en una par de segundos. ¿Significa eso que estás enamorada de mí?

Bella bajó la barbilla con desdén y empezaron a arderle las mejillas.

–Nunca me enamoraría de alguien como tú.

–Eso me tranquiliza –dijo él con una mueca burlona.

–Rebecca parece una persona muy agradable –dijo ella–. Al menos podrías haberle dado la bienvenida con más entusiasmo.

–No me gustan las visitas imprevistas. Si quería verme, solo tenía que telefonear y quedar conmigo a una hora concreta.

–Tal vez no le guste que la llames en mitad de la noche, cuando a ti te conviene.

–No es mi tipo –Edoardo encogió los hombros.

–No, porque tiene cerebro –le devolvió ella–. Imagino el tipo de mujer que te gusta: pechos grandes, sonrisa de anuncio de dentífrico, piernas largas y ninguna conversación. ¿Me he acercado?

–Lo suficiente –él sonrió.

–¿Has salido con ella?

–Tomamos una copa hace unas semanas.

–¿Te has acostado con ella?

–No.

–¿Por qué no?

–¿A qué vienen las preguntas? ¿Estás celosa?

–¡Claro que no estoy celosa! –replicó Bella–. Solo creo que podrías hacerle daño si no la tratas de la forma adecuada.

–No es mi problema.

–Sí que lo es. Deberías pararle los pies antes de que se encariñe. No deberías animarla a pasar por aquí si no vas a ir en serio con ella.

–No la animé a pasar. No la he animado en absoluto, punto final.

–Es obvio que ella piensa que sí –Bella cruzó los brazos sobre el pecho.

–Pues se equivoca.

–¿Es a ella a quien fuiste a ver anoche?

–No.

–¿A quién fuiste a ver?

–¿Seguro que no estás celosa? –se apoyó en la encimera con actitud indolente.

–¿Cómo iba a estarlo? –puso los ojos en blanco–. Estoy a punto de comprometerme.

–Aún no es oficial.

–Pronto lo será.

–La prensa no ha mencionado ni una palabra de tu relación con el predicador.

–Eso es porque Julian no atrae la atención de la prensa –explicó ella–. Además, quiero esperar hasta que vuelva de Bangladesh antes de decírselo a nadie. Conoceré a su familia y luego haremos un anuncio formal.

–Supones, por lo que veo, que daré mi aprobación a ese compromiso.

–No puedes impedir que me case con el hombre al que amo –Bella apretó los puños.

–Si lo quieres tanto, ¿por qué no estás allí? –los ojos azul verdoso retaron a los suyos.

–Yo... tengo cosas que organizar aquí –dijo Bella titubeante–. Allí molestaría. Tengo que prepararme antes de acompañarlo en una misión.

–No te imagino repartiendo abalorios a los nativos –dijo él con retintín.

–Eso no es lo que hacen los misioneros hoy en día. Ayudan a construir escuelas y hospitales.

–¿Y qué harás cuando lo acompañes?

–Apoyarlo en todo lo que pueda.

–Justo lo que necesita un misionero. Una esposa rica para subvencionar sus obras de caridad.

–Crees que soy tan estúpida que solo sirvo para hacerme la manicura, ¿verdad? –lo miró con ira.

–No eres estúpida –corrigió él–. Eres ingenua. Has llevado una vida muy protegida. No sabes cómo es la gente. No sabes lo despiadada que puede ser.

–Gente como tú, ¿quieres decir? –le espetó ella.

–Puedo ser muy despiadado cuando persigo algo que deseo –sus ojos brillaron como el hielo.

–No siempre puedes conseguir todo lo que deseas –a Bella se le erizó el vello de los brazos.

–¿Quién va a impedirlo? –la esquina de su boca se curvó con una sonrisa diabólica.

–No voy a dormir contigo, Edoardo –se humedeció los labios resecos. Su corazón latía a un ritmo desaforado.

–No cuento con que durmamos mucho una vez te tenga en mi cama –le agarró un mechón de pelo y se lo enredó en el dedo. Ella sintió el leve y sensual tirón en el cuero cabelludo.

Bella sintió una llamarada de lujuria prender en su interior. La sorprendió su respuesta involuntaria a sus palabras. Tras años de mantener la distancia, su cuerpo olvidaba por completo el sentido común. Su cuerpo se sentía atraído por él, como si fuera un satélite que orbitara alrededor de él.

–Lee mis labios, Edoardo –le dijo, seca–. No acabaré en la cama contigo, dormida o despierta.

Él desenredó el cabello del dedo lentamente, atrapando sus ojos con una mirada sensual que ella sintió como una caricia íntima.

–¿Quieres apostar dinero por eso, princesa?

–No me hace falta. Ya sé quién va a ganar –Bella movió la cabeza y se alejó de él.

–Yo también –sin darle tiempo a decir la última palabra, se marchó.

Capítulo 5

BELLA se mantuvo alejada de Edoardo durante el par de días siguiente. Se puso al día con algunos viejos amigos del pueblo y comió fuera para evitar pasar tiempo a solas con él.

Pero cuando la semana tocaba a su fin, empezó a sentirse inquieta y aburrida. No había sabido nada de Julian, que estaba en una nueva misión en las montañas, donde había poca cobertura telefónica. Cada día que pasaba sin recibir un mensaje de él se sentía más insegura. Necesitaba que alimentara su ánimo y confianza. Necesitaba su entusiasmo y actitud positiva ante la vida.

Empezaba a rondarle la mente la molesta duda de cómo encajaría ella en esa vida de abnegación. Admiraba su compromiso y su fe, pero a veces se preguntaba si era capaz de sentir pasión por algo que no fuera intentar salvar el mundo. Sabía que era egoísta por su parte querer ser el centro de su atención, pero no podía dejar de preguntarse si la amaba como quería ser amada.

El abandono de su madre cuando era tan niña le había causado inseguridad respecto a las relaciones íntimas. Amaba demasiado intensa y rápidamente, y siempre acababa decepcionada cuando la otra parte se alejaba de ella. ¿Sería ese viaje al extranjero la manera de distanciarse de Julian? Sabía que él la quería, pero no era un amor apasionado, de los de todo o nada.

Era un amor seguro.

Un amor con el que podría contar en los tiempos malos y en los buenos. Un amor que sería el cimiento sólido de una ordenada vida familiar.

Era lo que quería. Lo que necesitaba. No quería ser como su madre, siempre escapando a lugares exóticos en pos de otra aventura apasionada que concluiría con lágrimas y dolor de corazón.

No quería la montaña rusa de la pasión, sino el girar suave y predecible de un tiovivo.

Bella estaba en la cocina, mirando en la nevera, cuando Edoardo entró del exterior.

–¿Hoy cenas en casa? –preguntó él, colgando la chaqueta en el gancho que había tras la puerta.

–Ya comeré algo después –dijo ella, cerrando la nevera con sentimiento de culpabilidad.

–Puedo preparar algo para los dos –dijo él–. No tienes por qué esconderte en tu habitación.

–No me he estado escondiendo en mi habitación. He estado viendo a mis amigos.

–Dame media hora –fue a lavarse las manos en el fregadero–. Tengo que hacer un par de cosas en el ordenador.

–¿Quién te enseñó a cocinar? –preguntó ella.

–Nadie en particular –se secó las manos en una toalla de papel–. No me quedé en ningún sitio el tiempo suficiente para aprender más que lo básico.

–¿Cuál fue el tiempo máximo que pasaste con una familia de acogida?

Edoardo sintió la ya familiar tensión en la piel. Odiaba pensar en el pasado, y más aún hablar de él. Quería olvidarlo, borrarlo de su cerebro. Lo había borrado en gran parte y, cada vez que Bella lo pinchaba en busca de información, los recuerdos suprimidos le provocaban dolor de cabeza. Era como si intentaran liberarse de las cadenas en las que los había envuelto años atrás.

—¿Puedes acabar con el jueguecito de las veinte preguntas? —dijo—. No estoy de humor.

—Nunca estás de humor. Eres como un libro cerrado. Mucha gente proviene de entornos difíciles. No veo por qué tienes que ser tan hermético al respecto.

—Estás jugando con fuego —advirtió él, acercándose—. Pero ya lo sabes, ¿verdad?

—Te conozco desde que era una niña, pero apenas sé nada de ti —se excusó ella con voz ronca.

Él apoyó las manos en sus hombros y observó cómo ella sacaba la punta de la lengua y se la pasaba por los labios. Nunca había visto una boca tan apetecible. El deseo serpenteó en su ingle y sintió que su cuerpo se hinchaba y tensaba. La deseaba tanto como un drogadicto deseaba su dosis de droga. El problema era que sabía que una vez no sería suficiente. No sabía cuánto tiempo necesitaría con ella. Durante años había pensado en el momento en que ella se le acercaría con deseo en los ojos. Lo veía en ellos: la necesidad, la lujuria y el anhelo. Se notaba en el ambiente como una corriente de aire cálido, casi palpable.

—Quiero saber quién eres —dijo ella, mirando su boca—. Quién eres en realidad.

—Soy lo que ves.

—Quiero saber por qué estás tan cerrado emocionalmente —insistió ella—. Apartas a todo el mundo. ¿Por qué haces eso?

—Ahora mismo no te estoy apartando, ¿verdad? —apretó sus hombros con más fuerza—. De hecho, voy a acercarte bastante más.

Se dejó envolver por una oleada de deseo ardiente

y desbocado y la apretó contra él, macho contra hembra, pasión contra pasión. Bajó la boca lentamente, dándole tiempo para apartarse si lo deseaba, pero ella no se movió. En vez de eso, entreabrió los labios cuando los de él se acercaron. Pasó la punta de la lengua por la de ella, un pequeño atisbo del erotismo que estaba por llegar. Notó que todo el cuerpo de ella respondía. Se acercó más y su garganta emitió un ronroneo cuando su lengua volvió a tentarla suavemente.

Ella movió la lengua contra la suya, flirteando, atreviéndose, cada vez más provocativa. Llevó las manos a su cuello, enredó los dedos en su cabello y clavó la pelvis contra la suya. La erección de él empezó a resultar dolorosa cuando empezó a restregarse contra él, incitante y sensual.

Edoardo devoró su boca como un muerto de hambre al que ofrecieran un suculento banquete. Se alimentó de su cálida dulzura, saboreando su néctar, disfrutando de la respuesta de ella, cuya lengua bailaba y jugaba con la suya.

Era cuanto había soñado y mucho más: dulce pero seductora, tímida pero exigente. Le encantaba sentir la blandura de su cuerpo. Ella cedía a la presión, gimiendo con deleite cuando la lengua de él empezó a profundizar, a exigir más y más con cada caricia.

Su perfume invadía su nariz, tentándolo, hechizándolo con el aroma de cálidas noches de verano. Lo estaba embriagando, mareándolo.

Quitó las manos de sus hombros y las introdujo en su sedoso cabello. Las esbeltas caderas se movían contra las suyas, buscándolo. Deseándolo como una mujer desea a un hombre.

Él anhelaba sentirla rodeándolo, vaciándolo de su esencia con cada contracción de su cuerpo. La necesidad crecía, febril, como un torrente en su sangre. Se preguntó si alguna vez había deseado tanto a alguien. Solo podía pensar en poseerla. Estaba rígido de deseo, pulsante y ardiente.

Introdujo la mano derecha bajo su blusa para moldear uno de sus senos por encima del encaje del sujetador, entusiasmándose con la delicadeza y suavidad de sus formas. Aquella noche en la biblioteca ella lo había tentado con su cuerpo, pero había sido el roce de sus dedos lo que le había hecho perder el control. El sexy paseo de esos dedos por su torso había sido equivalente a echar una cerilla en gasolina. Había estallado en sus venas, llevándolo a agarrarla para demostrarle lo que era un hombre de verdad, en vez de esos adolescentes pálidos que la rodeaban como zánganos a la abeja reina.

«La deseabas entonces y la deseas ahora».

Apartó el sujetador y agachó la cabeza para capturar un pezón con la boca. Su lengua trazó círculos y círculos hasta que ella gimió de deleite, clavando los dedos en su cintura para estabilizarse.

Pasó al otro seno y lo exploró en íntimo detalle: el tenso pezón, la aureola rosada y la sensible zona inferior, donde miles de nervios se estremecían y bailaban con el contacto.

Las manos de ella bajaron de su cintura hacia su entrepierna. La erección de él se irguió potente contra la caricia tentativa; le tronaba la sangre y el deseo era tan intenso que se sentía como un adolescente en su primer encuentro sexual.

Reclamó su boca y la hizo retroceder hasta la mesa de la cocina. La subió encima y ella abrió los muslos y los envolvió con sus piernas, al tiempo que se aferraba a su cuello y lo devoraba con su boca ansiosa.

El beso siguió y siguió, llevándolo a un torbellino sensual que le impedía pensar en algo que no fuera poseerla por completo. Su erección pulsaba contra el sexo de ella; la barrera húmeda de las bragas de encaje lo estaba volviendo loco.

Ciegamente, apartó el encaje para introducir un dedo en la envolvente humedad. Sintió la contracción de su cuerpo, su gritito de placer.

–¡Para! –gritó ella de repente, apartándose. Tenía las mejillas rojas y los ojos muy abiertos y cargados de horror.

–¿Para? –la miró interrogante.

–¡Apártate de mí! –lo empujó con las manos.

Él dio un paso atrás y la observó bajar de la mesa y estirarse la falda con manos temblorosas. Con los hombros caídos, se abrazaba el cuerpo.

–No tenías derecho a hacer eso –le dijo.

–¿A besarte? –cuestionó él.

–No tendrías que haberme tocado... así –le lanzó una mirada asesina.

–¿Por qué no?

–Ya sabes por qué no –contestó, ceñuda.

–¿Porque te crees enamorada de otro hombre?

–Has ido demasiado lejos –sus mejillas se encendieron de nuevo–. Sabes que es así.

–Ya –la miró con sorna–. Te parece bien que te bese, pero no que te toque por debajo de la cintura. ¿Es eso?

–Lo otro tampoco tendría que haber ocurrido –apretó los labios hasta que se pusieron blancos–. Aunque acepto que en parte ha sido culpa mía.

–¿En parte? –rezongó–. Nadie ha intentado seducirme así desde que me enseñaste los pechos cuando tenías dieciséis años.

–Entonces no intentaba seducirte –negó ella.

—¿Qué se supone que hacías?

—Estaba enfadada contigo —desvió la mirada—. Me ignorabas, como si no fuera más que una niña malcriada y molesta. Quería darte una lección.

—Querías que me fijara en ti —dijo él—. Pues verás, princesa, ya me fijaba. Me fijaba en todo. Solo que yo no te seguía con la lengua colgando como todos esos pretendientes llenos de acné.

Ella volvió a mirarlo, aún sonrojada.

—¿Podemos olvidar lo que ha ocurrido?

Edoardo dejó que el silencio fuera su respuesta.

—No ha significado nada —nerviosa, tragó saliva—. Debe de haber sido cosa de las hormonas. A las mujeres les ocurre, igual que a los hombres.

—Lujuria.

—¿Tienes que ser tan... directo? —arrugó la frente con expresión irritada.

—No tiene sentido disfrazar la realidad con eufemismos —repuso él—. Tú te sientes atraída por mí. Yo babeo por ti. La cuestión es: ¿qué vamos a hacer al respecto?

—Nada —dijo ella, cruzando los brazos con más fuerza aún—. No haremos nada porque está mal.

—Yo no se lo diré a nadie si tú no lo haces —esbozó una sonrisa maliciosa.

—Me voy a la cama. Buenas noches —se alejó. Él esperó a que estuviera en la puerta para hablar.

—Sabes dónde encontrarme si no puedes dormir. Me encantará prestarte mis servicios.

Ella respondió con una mirada gélida y salió.

Bella seguía temblando cuando llegó a su dormitorio. Cerró la puerta y deseó que tuviera cerrojo. No por Edoardo, sino por ella misma. Podía imaginarse recorriendo el largo pasillo hasta llegar a su dormitorio para aceptar sus «servicios».

Se recriminó por haber sido tan estúpida como acercarse a él de nuevo. Era un peligro andante. Parecía llevar la palabra tatuada en el cuerpo.

Sus manos le habían encendido la piel. Había sido incapaz de controlar su reacción. Él podía con su sentido común, sus principios y su moral.

Lo había deseado.

Seguía deseándolo.

La pulsión de su sangre seguía reverberándole en el cuerpo como una campanilla golpeada por un martillo. Aún sentía el tacto de su largo y grueso dedo. Si apretaba los muslos, podía recrear la deliciosa sensación de la posesiva caricia. ¡Y eso había sido solo su dedo! ¿Y si él la...?

«No».

Puso freno a su mente traicionera. No pensaría en eso. Él estaba prohibido por muchas razones.

Era su enemigo.

Solo la deseaba para demostrar su poder.

No era sino un trofeo para él, que añadiría a su colección de conquistas sexuales. Se burlaría de ella en cuanto terminara de poseerla.

No tenía corazón. Era incapaz de sentir por ella nada más allá de la pura lujuria.

Bella se quitó la ropa, la dejó caer al suelo y fue a su cuarto de baño. Pero la ducha no sirvió para apagar el anhelo de su carne. Si acaso, lo empeoró. Hizo que se sintiera más consciente de su cuerpo, de cada nervio, sensación y deseo. Era como si le hubieran vuelto la piel del revés.

Se envolvió en una toalla y volvió al dormitorio,

pero no podía ni pensar en dormir. Miró la cama y su cerebro conjuró la imagen de Edoardo allí tumbado, esperándola. Era tan alto que habría ocupado casi todo el colchón. Abajo, en sus brazos, se había sentido diminuta y delicada, femenina, ardiente y sensual.

Lo imaginó desnudo en su cama, musculoso y delgado, el cuerpo anguloso y excitado.

Dejó escapar una maldición y se acercó a la ventana. La luna estaba alta en el cielo y vestía los prados con un resplandor plateado. Apoyó la frente en el cristal, cerró los ojos y suspiró.

Oyó el sonido de una puerta abrirse y cerrarse abajo, y abrió los ojos. Observó mientras Edoardo dejaba que Fergus diera su último paseo antes de dormir. Lo esperó junto al parterre, mientras el perro hacía sus necesidades entre las sombras.

Bella se quedó paralizada.

La luz de la luna daba relieve a los atractivos rasgos de Edoardo. Parecía un caballero oscuro o un guerrero sumido en una batalla interior. Tenía la mandíbula tensa, las manos cerradas en puño a los costados y la ancha espalda recta y firme. Arrugas de concentración surcaban su frente.

De pronto, como si hubiera percibido que lo observaba, se volvió y encontró su mirada.

Bella sintió el impacto de la conexión visual como un puñetazo en el plexo solar. Su corazón se desbocó, se quedó sin aire y se le secó la boca.

Los ojos de él leyeron su mente con tanta certeza como sus manos habían leído su cuerpo.

Bella se apartó de la ventana de un salto, como si quemara. Se llevó las manos al pecho, segura de que el corazón iba a salírsele de dentro.

¿Qué demonios le ocurría?

No era una adolescente ante su primer amor. Era una adulta madura y sensata a punto de prometerse con un hombre al que quería y admiraba. No tenía derecho a sentir lujuria por un hombre que ni siquiera le gustaba.

Era vergonzante.

Era inmoral.

Era tentador.

—No, no, no —dijo, agarrándose el pelo.

Oyó el crujido de las escaleras bajo las pisadas de Edoardo. Su corazón se saltó un latido. Contuvo el aliento y se puso en alerta. Deseosa, a su pesar.

Pero solo oyó silencio.

Un silencio vacío, roto solo por el ulular de una lechuza que pasó junto a su ventana; el sonido de sus alas batiendo el aire le recordó al de una capa de terciopelo que alguien se echara a los hombros.

Capítulo 6

BELLA no estaba segura de qué la había despertado. Ni siquiera era consciente de haberse dormido, pero debía de haberlo hecho, porque cuando miró el reloj vio que eran cerca de las cuatro de la mañana. Apartó las mantas y aguzó los oídos en el inquietante silencio.

Pasó más de un minuto hasta que oyó un leve gruñido. Se le puso la piel de gallina, como si la hubiera tocado un fantasma.

«No seas tonta», se reconvino, llevando la mano a su bata, «Haverton Manor no tiene fantasmas». Al menos, no que ella supiera.

Salió de puntillas y, de inmediato, vio una rayita de luz tenue que asomaba bajo la puerta de Edoardo, al otro extremo del pasillo. Se mordió el labio, preguntándose si era buena idea seguir adelante. Entonces volvió a oír el gruñido, más alto, y sin duda provenía de su habitación.

Dejó de lado sus reservas y fue hasta la puerta. Llamó con la mano y acercó la oreja a la madera.

–¿Edoardo? ¿Estás bien?

–Vuelve a la cama –dijo él, forcejeando con la ropa de cama. Su voz no sonó tan autoritaria como era habitual.

Bella giró el pomo de la puerta y cruzó el umbral.

Lo vio tumbado en un lío de sábanas, con la piel tan blanca como el tejido de algodón.

–¿Estás enfermo? –le preguntó.

Él abrió un ojo y, con una maldición, le gritó que se largara. Bella pulsó el interruptor de la luz, que estaba junto a la puerta, pero él volvió a maldecir y se tapó los ojos con el brazos.

–¡Apaga la maldita luz! –gruñó.

Ella obedeció y se acercó a la cama, iluminada por la lámpara de noche.

–¿Qué te ocurre? –insistió.

–Sal de aquí.

–Pero estás enfermo.

–Estoy bien –masculló él, entre dientes.

Bella se inclinó para ponerle una mano en la frente, pero él intuyó lo que iba a hacer y la bloqueó agarrándole su muñeca con a otra mano. Entreabrió los ojos y la miró con ira.

–Te he dicho que salieras de aquí.

–Me estás haciendo daño –dijo ella con una mueca de dolor por la presión de sus dedos.

–Perdona –dejó caer su muñeca, suspiró y volvió a taparse los ojos–. Déjame en paz... ¿por favor?

–¿Es migraña? –preguntó Bella con voz suave, sentándose al borde de la cama.

–Se pasará –dijo él hundiéndose en la cama. Suspiró débilmente–. Siempre se pasan.

–¿Las tienes a menudo?

–De vez en cuando.

–Nunca te había visto enfermo –comentó ella.

–Disfruta del espectáculo –dijo él, seco.

–¿Has tomado algo? –Bella le puso la mano en la frente y frunció el ceño al ver lo fría y húmeda que la tenía.

–Ibuprofeno.

–Eso no te hará nada. Necesitas algo más fuerte. ¿Qué tal si llamo a un médico de guardia?

–No.

–Pero...

–No –la miró con enfado–. ¿Puedes dejar la rutina de dulce enfermera y largarte de aquí?

–No pienso dejarte así –dijo ella–. Podrías caerte y darte un golpe, o algo.

Él se dejó caer de nuevo, pero segundos después se irguió de repente y, apartándola de un empujón, fue tambaleándose al cuarto de baño, sin molestarse en cerrar la puerta. Bella hizo una mueca compasiva al oírlo vomitar con violentas arcadas. Fue al cuarto de baño, donde él estaba agachado sobre el inodoro, empapó una toallita bajo el grifo y se la pasó en silencio.

–No te rindes fácilmente, ¿eh? –dijo él con voz carente de acritud. Tiró de la cadena

–Elijo mis batallas –dijo ella, mojando otra toallita.

–Gracias –aceptó la segunda toallita.

–De nada.

–Apuesto a que estás disfrutando con esto –dijo él, mirándola.

–¿Por qué iba a disfrutar viéndote, a ti o a cualquiera, sufrir?

Él se puso en pie y se apoyó en el lavabo para estabilizarse. Ella veía los músculos de su espalda y hombros claramente delineados bajo la fina camiseta de algodón que llevaba puesta. Los calzones dejaban a la vista sus largas piernas, duras y tendinosas por el ejercicio.

–Hay gente en este mundo que disfruta con eso más que con nada –torció la boca con amargura–. Es como un deporte para ellos. Diversión barata.

–Espero no conocer nunca a nadie así –dijo ella, estremeciéndose.

Él la miró largamente. Bella intuyó que la miraba sin verla. Tenía los ojos velados, perdidos en la distancia. Pero entonces parpadeó y volvió al dormitorio con piernas temblorosas. Bella se acercó y rodeó su cintura con un brazo.

–Deja que te ayude –lo condujo hasta la cama y, mientras él seguía en pie, estiró las sábanas.

–Si le cuentas esto a alguien, tendré que matarte –dijo él, tumbado y con los ojos cerrados.

Ella sonrió y, antes de poder contener el impulso, le tocó los dedos, que estaban sobre la cama, cerca de su muslo.

–Antes tendrías que alcanzarme.

–Esa sería la parte fácil –emitió un gruñido suave, sin abrir los ojos. Medio minuto después, estaba profundamente dormido.

Bella se despertó cuando el sol acarició su rostro. Estiró las piernas y se encontró con una peluda. Abrió los ojos al comprender que estaba en la cama con Edoardo.

«¡Estás en la cama con Edoardo Silveri!», la frase destelló en su mente como una luz de neón.

Se preguntó si había dormido con él. Si había practicado el sexo con él. Se tranquilizó al apretar los muslos y comprobar que no era el caso. Sin embargo, estaba en sus brazos, con las piernas enredadas con las de él.

«Bueno, sé sensata», pensó. Tenía que haber una explicación razonable. Aún llevaba puesto el pijama, con todos los botones abrochados. Quizá se había quedado dormida y había buscado sus brazos inconscientemente. O quizás él la había buscado a ella. Pero ,por qué no se había despertado y se había apartado?

Se preguntó si podría escabullirse y marcharse sin despertarlo. De repente, él se volvió y la miró.

–Así que al final sí dormiste conmigo –dijo él.

–¡Nada de eso!

–Desde luego que sí –esbozó una sonrisa que a ella le pareció adorable–. Te he oído roncar.

–Yo no ronco.

Él agarró uno de sus mechones del pelo y lo enredó en un dedo. Ella no pudo evitar fijarse en que era el mismo dedo que había introducido en ella la noche anterior. Se estremeció de placer.

–Te sorbes la nariz –afirmó él.

–¿Me sorbo? –arrugó la nariz–. Eso no suena mucho mejor.

–Ven aquí –ordenó él, tirando de su pelo y envolviéndola en una mirada erótica.

Bella dejó escapar el aire de golpe.

–No hagas esto, Edoardo –le dijo.

Los ojos de él leyeron el mensaje que emitía su mente, no el que había emitido su boca.

–Me deseas. Te acurrucaste contra mí durante la noche. Podría haberte hecho mía entonces.

–Estoy a punto de comprometerme con otro hombre –dijo Bella, pero en ese momento no sabía si se lo recordaba a él o a ella misma.

–Cancélalo.

Ella miró su boca y se le contrajo el estómago al pensar en cómo sería sentir esos sensuales labios moviéndose sobre los suyos. Se obligó a mirarlo a los ojos.

–No puedo –dijo–. No quiero cancelarlo.

Él tiró suavemente de su pelo, provocándole una

mezcla de dolor y placer. Era típico en su relación con
él: sentía una confusa mezcla de emociones que no
quería examinar en detalle. Lo odiaba, pero su cuerpo
lo deseaba como a nadie. La boca de él se acercó más
y más, deteniéndose justo encima de la suya.

–Podría convencerte –susurró–. Bastaría con darte
un beso.

Bella puso un dedo sobre sus labios.

–No puedo.

Él abrió la boca y succionó su dedo, raspándolo
con los dientes mientras su mirada sostenía la de ella
en un reto silencioso que la hizo temblar por dentro.
Una oleada de deseo recorrió todo su ser.

Sintió que su cuerpo gravitaba hacia el de él como
el metal hacia un imán. La tentación era como una
marejada contra la que tenía que nadar sin hacer uso
de las extremidades. Notó la presión de su erección en
el vientre y anheló tocarlo con la mano, acariciarlo,
explorarlo, saborearlo. Su mano se movió instintiva-
mente hacia él, pero la detuvo, espantada por su lasci-
via.

–Deja que me vaya –tiró del mechón de pelo que
seguía enredado en su dedo–. ¿Por favor?

Los ojos de él eran puras brasas de necesidad insa-
tisfecha. Ella sentía su reflejo como un tamborileo en
el cuerpo. Él desenredó lentamente el cabello, hasta
que solo los unió el deseo que palpitaba en el aire.

Él salió de la cama y se quitó la camiseta.

–¿Qué estás haciendo? –Bella se sentó y llevó las
rodillas al pecho.

–Voy a ducharme –dijo él quitándose el calzón.

Los ojos de ella se ensancharon al verlo tan glorio-
samente viril y excitado. Tragó saliva y, rápidamente,
se tapó los ojos con las manos.

–Por Dios santo, ¿puedes dejar de exhibirte como un pavo real?

–Deja de portarte como una virgencita tímida –soltó una risa burlona.

Bella no sabía por qué, pero era cierto que se sentía como si fuera virgen cuando estaba con él. Tenía muchísima más experiencia que ella. Su cuerpo lo intuía. Él solo tenía que mirarla con sus ojos azul verdosos y sus nervios y sentidos se encendían como bengalas.

No abrió los ojos hasta que oyó cerrarse la puerta del baño. Bajó rápidamente de la cama, corrió a su dormitorio y cerró la puerta para protegerse de la tentación de su tacto.

Edoardo trabajó en el exterior todo el día, a pesar del tiempo gélido. Su deseo por Bella era tal que lo percibía como un dolor constante en el cuerpo. Estar a su lado la noche anterior había sido una especie de tortura. Había deseado cubrir su cuerpo con el de él, penetrar su cuerpo blando y suave y hacerla suya de una vez. Ella se le había estado echando encima toda la noche, buscándolo con sus manos, acariciando su pecho con su cálido aliento mientras se acurrucaba. Había sido difícil no arrancarle el pijama y sembrar su piel de besos. Había deseado explorarla íntimamente, acariciar sus pechos, saborearlos de nuevo, lamer sus pezones. Había deseado introducir el dedo en su interior húmedo y ardiente, sentir la deliciosa contracción de su cuerpo, probar su sabor salado con la lengua.

Pero se había contentado con mirar fijamente la luz

de la luna que se reflejaba en el techo y deslizar los dedos por su pelo sedoso mientras ella dormía.

Nunca había pasado la noche entera con nadie. Era una regla que nunca había roto. Sus pesadillas eran terroríficas y peligrosas. Siempre había tenido miedo de hacer daño a alguien al forcejear y pelear mientras revivía el horror de su infancia.

Odiaba la debilidad de su cuerpo. Las migrañas no eran tan frecuentes como en otros tiempos, pero sí más insoportables. La de la noche anterior había sido la peor en mucho tiempo. Los médicos le habían dicho que el estrés era un factor agravante. El que Bella lo presionara pidiéndole datos de su niñez había sido el detonante; no tendría que haberlo permitido. Tenía la habilidad de hacerle bajar la guardia con sus miradas de preocupación y sus palabras suaves.

Podía imaginar su shock y su asco si le contara su pasado. Durante años lo había pinchado con palabras sobre sus antecedentes que se acercaban mucho más a la verdad de lo que ella creía.

Se sentía sucio. Había vivido entre suciedad tanto tiempo que seguía sintiéndose sucio bajo la piel, aunque ya estuviera limpia por fuera.

Se sentía incivilizado. Su infancia había sido un agujero negro de desesperación. A veces había deseado morir para no seguir soportándolo. Su ira con el mundo había sido como un cáncer que crecía en su interior. Había golpeado a todos. No había confiado en que nadie fuera a tratarlo bien. No podía permitirse sentir esperanza para que volvieran a aplastarla brutalmente. Tras cada decepción era más difícil hacer acopio de voluntad para seguir viviendo.

Bella había crecido con todos los privilegios. Tenía

cuanto quería al alcance de su mano. Nunca había tenido que luchar para seguir viva.

Él seguía luchando contra sus demonios. Lo asolaban cuando estaba despierto y lo torturaban cuando estaba dormido.

A veces se preguntaba si llegaría a ser libre.

Bella no volvió a ver a Edoardo hasta por la tarde. Regresaba de dar un paseo hasta el lago cuando lo vio subido en una escalera, haciendo algo en una ventana de la segunda planta. Podría haber pasado a su lado sin decir nada, pero la escalera se movió cuando él sacó una herramienta de su cinturón de trabajo y se le encogió el estómago al pensar que podía caer al suelo helado.

–¿Necesitas que sujete la escalera? –preguntó.

–Si quieres –dijo él, mirándola un segundo antes de volver al trabajo.

Ella observó desde abajo cómo lijaba la madera del marco. Los músculos de sus muñecas y antebrazos se tensaban con el trabajo. Parecía fuerte, en forma; un hombre en la mejor edad. Intentó no pensar en lo que había visto esa mañana, pero era imposible borrar de su mente la imagen de su cuerpo excitado. Aunque llevaba todo el día intentando ignorar la sensación, seguía ardiendo del lujuria por dentro; era como si alguien hubiera encendido algo en su interior y no supiera cómo apagarlo.

La escalera volvió a moverse mientras él bajaba. Bella apoyó todo su peso en ella y no se apartó hasta que llegó abajo.

–¿Qué le pasaba a la ventana?

–Problemas de humedad –dijo él, limpiándose se-

rrín de la frente con el antebrazo–. Hubo una gran nevada hace unas semanas. La madera está hinchada.
Habrá que reemplazarla antes o después.

–¿Por qué no contratas a un profesional para que
se ocupe de esas cosas? –preguntó Bella.

–Me gusta hacerlas –dijo él.

–Eso no viene al caso. ¿Y si te cayeras? No habría
nadie aquí para ayudarte. Podrías romperte el cuello
o algo.

–Eso sería muy conveniente para ti, ¿no? –la miró
a los ojos.

–¿Qué quieres decir con eso? –ella frunció el ceño.

–Recuperarías la hacienda. Eso es lo que te gustaría, ¿verdad?

–Es mi hogar –dijo ella, lanzándole una mirada re-
sentida–. Generaciones de Haverton crecieron aquí.
No veo por qué un recién llegado como tú puede quitársela a su propietaria por derecho.

–¿No te basta con tu mansión de cuatro plantas en
Chelsea y los millones de libras en inversiones? –preguntó él.

–Eso no viene al caso –lo taladró con la mirada–.
Crecí aquí y esperaba que mis hijos lo hicieran también. Tú no perteneces aquí. Yo sí.

–Es obvio que tu padre no pensaba eso.

–Tendría que haberme consultado –insistió Bella–.
Al menos podría haberla puesto a nombre de los dos.

–¿Te habría gustado vivir aquí conmigo?

–No, claro que no. ¿Y a ti?

–No lo sé –dijo él con una sonrisa–. Podría resultar
muy entretenido.

–Te puedo asegurar que, si vuelves a ponerte enfermo, no correré a ayudarte en mitad de la noche. Puedes apañarte tú solo.

–Me parece bien.

–Ni permitiré que te aproveches de mí como hiciste esta mañana –apretó los labios.

–¿Cómo que me aproveché de ti? Estabas en mi cama.

–No porque quisiera estarlo.

–Nadie te forzó a estar allí –sonrió con seguridad y arrogancia–. Fuiste por tu propia voluntad. E intuyo que volverás muy pronto.

–¿De veras me crees tan fácil de convencer? –Bella lo miró con ira–. Ni siquiera me gustas. Te odio. Siempre te he odiado.

–Lo sé, precisamente por eso el sexo será genial –dijo él–. Estoy deseando sentirte tener un orgasmo. Apuesto a que serás como una bomba.

–No habrá sexo contigo –clamó ella, apretando los puños y enrojeciendo. Él la recorrió con la vista y fue como si la acariciara físicamente. Bella sintió un cosquilleo en los senos y sus entrañas se contrajeron de deseo.

–Sí que lo habrá –afirmó él–. Ya puedes sentirlo, ¿a que sí?

–No siento nada –ladró ella.

Él acortó la distancia entre ellos. Bella no podía retroceder porque estaba junto a un arriate. Tragó aire cuando él pasó un dedo por la sensible piel de su clavícula izquierda. Sus nervios bailaron y vibraron con el hechizo de su caricia.

–¿Has sentido eso? –preguntó, mirándola a los ojos. Ella tragó saliva mientras una miríada de sensaciones la azotaban como la marea.

–No tienes derecho a tocarme –dijo, pero su voz no sonó tan fuerte y firme como había pretendido. Sonó ronca y entrecortada.

—Me concedes derecho cada vez que me miras así —dijo él, deslizando el dedo por su escote.

Bella sintió que la anticipación henchía sus senos. Le faltaba el aliento y su corazón parecía traquetear como un motor viejo. Cerró los ojos con fuerza, e hizo acopio de fuerza de voluntad.

—Ni siquiera te estoy mirando, ¿ves? —dijo.

Él se inclinó hacia ella. Lo percibió. Notó el roce de sus muslos en los suyos y una oleada de calor la atravesó como un cuchillo la mantequilla blanda. Sintió la caricia sexy de su aliento en la piel de la nuca. Inhaló aroma viril: sudor, almizcle y su compleja colonia, con intrigantes notas de cítricos, especias y madera. Se le erizó el vello de la nuca al sentir los labios de él rozando su piel.

Bella emitió un quejido mezcla de frustración y consentimiento.

—No te deseo —dijo.

—Ya sé que no —le rozó los labios con los suyos, en una especie de caricia rápida.

—Te odio —dijo, pero no sonó convencida.

—Ya lo sé —succionó suavemente su labio inferior, hasta que a ella le temblaron las piernas.

Bella agarró su cabeza con ambas manos y buscó su boca cegada por la pasión. El contacto lanzó sus sentidos en una vorágine. Apretó el cuerpo contra él, hambrienta hasta un punto que no había creído posible. Anhelaba que la poseyera con un dolor pulsante que se centraba en el núcleo de su feminidad.

Él agarró sus caderas y la restregó contra él sin ninguna vergüenza, mientras su boca seguía haciendo magia. Era algo brutal y salvaje. Ella sintió el calor de su erección pulsando contra su estómago y eso despertó sus sentidos más primitivos.

Las manos de él empezaron a tironear de su ropa con una urgencia que a ella le pareció deliciosa. Le había quitado el suéter, sacado la blusa de la falda y desabrochado el sujetador antes de que ella encontrara el botón de sus vaqueros. El aire invernal acarició su piel pero, sin darle tiempo a estremecerse, sus manos curtidas empezaron a acariciarle los pechos desnudos. Sus pezones se tensaron bajo el contacto de sus pulgares, y su espalda se volvió fuego líquido cuando él los succionó por turno. Cerró los ojos y se entregó al placer de sentir el rostro raspeso moverse sobre su piel suave y delicada.

Volvió a capturar su boca justo cuando ella terminaba de desabrocharle los vaqueros. Él gruñó con aprobación cuando por fin lo liberó y tomó su miembro ardiente y sedoso en su mano. A ella se le desbocó el corazón al imaginarlo moviéndose en su interior. Nunca había sentido una lujuria similar. Cualquier encuentro sexual anterior palidecía hasta volverse insignificante. Nadie había conseguido que se sintiera tan viva y consciente de sus sentidos. Su piel era hipersensible al roce de sus manos, a la posesión húmeda y ardiente de su boca.

Él le levantó la falda y, de un tirón, le bajó las bragas y las medias hasta las rodillas. Seguía besándola y sus lenguas estaban enzarzadas en una batalla de necesidad mutua.

La manipuló con los dedos, con gentileza al principio, explorándola en íntimo detalle, antes de acelerar el ritmo. Ella se perdió en el momento, incapaz de detener las sensaciones que rebotaban en su interior con la fuerza de una bala. Gritó cuando su cuerpo se estremeció y convulsionó contra sus dedos.

Jadeante, se derrumbó sobre él cuando todo acabó, atónita por cómo la había desmadejado.

Atónita y avergonzada.

—Oh, santo cielo... —se puso rígida y se apartó de él, tirando de las medias hacia arriba.

—Podemos terminar dentro —dijo él con expresión inescrutable. Se abrochó los vaqueros—. No llevo preservativos entre las herramientas.

Bella sintió que la ira recorría su cuerpo como un rayo. Para él todo era un juego. No tenía sentimientos por ella. Solo sentía lujuria. Le había prestado «sus servicios» para demostrar algo. Quería convertirla en una desvergonzada que se dejara llevar por el deseo físico en vez de por el intelecto y la moralidad.

—Has hecho esto a propósito, ¿verdad? —le preguntó con una mirada desdeñosa, mientras intentaba recolocarse la ropa—. Me has seducido como a una cualquiera para demostrar algo.

—Tenía razón —dijo él, mirándola de reojo—. Has explotado como una bomba.

Bella alzó la mano y le dio una bofetada. Él apenas se inmutó, pero ella tuvo la sensación de que se había roto los huesos de la mano.

—Eres... un bastardo —dijo, agarrándose la mano para paliar el dolor.

El silencio vibraba de tensión.

Bella se preguntó si le devolvería el golpe. Su rostro era una máscara de mármol, sus ojos agujeros sin alma. Miró sus manos; las tenía cerradas y apretadas contar los muslos. Sintió el miedo como una mano fría y dura que le tocara la nuca. Paralizada, siguió contemplándolo con los ojos muy abiertos y llenos de inseguridad.

—¿De veras me consideras esa clase de hombre? —soltó el aire lentamente y abrió las manos.

–No tendría que haberte abofeteado –se lamió los labios secos como papel–. Lo siento...

–Disculpa aceptada –agarró la escalera y se la puso bajo el brazo. Después, echó a andar y no tardó en desaparecer de su vista.

Capítulo 7

EDOARDO, sentado tras el escritorio de caoba de su despacho, miraba sin ver las cifras que aparecían en la pantalla del ordenador. El trabajo solía ser la panacea para todos sus males, pero no conseguía centrarse. Solo podía pensar en la sensación de tener a Bella en sus brazos. Su cuerpo seguía latiendo de deseo. Era como si llevara dentro el rescoldo de un fuego: una chispa de sus ojos y volvía a encenderse.

La había obligado a enfrentarse a su deseo por él, pero a un alto coste. La expresión de su rostro y la sombra de miedo en sus ojos, le habían revuelto el estómago. Había visto esa mirada en su madre antes de que su padrastro levantara la mano colérico, en una de sus borracheras. A pesar de los años transcurridos, aún oía ese puño cerrado estrellándose en la cara o el cuerpo de su madre.

Se levantó y fue hacia la ventana. La predicción meteorológica vaticinaba una gran nevada esa noche. Las nubes empezaban a formar siniestras masas grises en el horizonte.

Le recordaban su estado de ánimo.

Fergus se levantó de la alfombra con un suspiro cansado y fue lentamente hacia la puerta. Edoardo se la abrió justo cuando Bella pasaba por delante. Ella lo miró con sorpresa y dio un paso atrás.

–Me has asustado –dijo, llevándose una mano al cuello.

–Eso parece haberse convertido en un hábito.

–Sé que no eres... así –musitó ella.

–Entonces, ¿te sientes segura conmigo, Bella?

–Claro que sí... –alzó los ojos marrón caramelo hacia los suyos.

–No pareces muy convencida de eso.

–Sé que nunca me agredirías físicamente –dijo ella, tras mordisquearse el labio inferior.

–Percibo un «pero» en esa afirmación.

–Esto que hay entre nosotros... debe acabar –le tembló la voz–. Antes de que se complique.

–Ya se ha complicado, Bella –dijo él con una sonrisa cínica–. Y tu padre lo complicó cien veces más al ponerme a cargo de tu vida.

–Siempre podrías renunciar a la tutela –lo miró suplicante–. Estarías libre de mí y yo de ti. Ambos saldríamos ganando.

–Eso no va a ocurrir, princesa –dijo él–. Le hice una promesa a tu padre. Confiaba en que te mantuviera alejada de los problemas. Trabajó mucho para llegar donde llegó. No voy a quedarme parado viendo cómo un gigoló cazafortunas entra en tu vida y se lo lleva todo.

–¿Por qué crees que soy tan boba como para permitir que eso ocurra? –preguntó ella con el ceño fruncido.

–Eres demasiado confiada –afirmó Edoardo–. Necesitas con desesperación sentir que te aprueban y aceptan; no ves la diferencia entre amistad genuina y explotación.

–Tengo montones de amigos verdaderos. Ninguno de ellos me explota –protestó, indignada.

—¿Cuánto alquiler les cobras a las cuatro chicas que comparten tu casa? –preguntó él enarcando una ceja.

Ella apretó los labios y se sonrojó.

–Nada, ¿verdad? Eres tonta, Bella. Te utilizan y no puedes o no quieres verlo.

–No sabes nada de mis amigas. Cierto que las ayudo dándoles alojamiento, ¿y qué? Ellas también me ayudan a mí.

–¿Cómo? –torció la boca–. Deja que adivine: te ayudan a gastar tu asignación en perifollos inútiles.

–No tengo por qué justificarte mis gastos personales –dijo ella, molesta.

–Por Dios santo, Bella, has gastado quince mil libras en los últimos dos meses. No puedes seguir así. Tienes que ser más responsable. Yo no voy a estar aquí para controlarte toda la vida.

–Puedo controlarme sola –le dirigió una mirada cáustica–. No te necesito.

–Sí me necesitas. Y me tendrás durante un año más, así que más te vale acostumbrarte a la idea.

–¿Qué sentido tiene alargar esta locura del tutelaje otro año? Quieres librarte de mí tanto como yo de ti. Además, cuando me case con Julian, tendrás que renunciar a la tutela.

–No te casarás hasta que tengas veinticinco años –afirmó él–. No mientras yo tenga algo que ver en el asunto.

–¿Por eso has estado tan ocupado intentando seducirme a la primera oportunidad? –apretó las manos con fuerza, su cuerpo estaba tenso de ira.

–¿Vas a decirle a ese novio temeroso de Dios que te has acostado conmigo?

–No me he acostado contigo –refutó ella.

–Entonces, ¿vas ha decirle que has tenido un orgasmo conmigo?

–No he tenido nada de eso contigo. Tú no... ya sabes... –sus mejillas se tiñeron de rubor nuevamente. Resopló con suavidad y desvió la mirada–. No llegamos tan lejos.

–Seguramente no necesitarás decírselo.

–¿Qué quieres decir? –volvió a mirarlo.

–Lo sabrá en cuanto te vea –dijo Edoardo–. No podrás ocultárselo, sobre todo si te ve interactuar conmigo.

Ella apretó los labios como si estuviera conteniendo una réplica. Los aflojó poco después.

–No se me ocurre ninguna situación o evento en el que Julian y tú vayáis a estar juntos.

–¿No vas a invitarme a tu boda?

–¿Vendrías si lo hiciera? –preguntó ella, mirándolo con curiosidad.

Edoardo consideró la pregunta. A lo largo de los años, a veces había pensado en el día en que ella caminara hacía el altar. Sin duda sería una novia preciosa. Adoraría ser el centro de atención; su oportunidad de ser princesa por un día.

Pero no había planeado estar allí para verlo.

–Las bodas no me van –contestó.

–¿Has estado en alguna?

–En dos, hace unos años. Ambas parejas están divorciadas a estas alturas.

–No todos los matrimonios acaban mal –cruzó los brazos sobre el estómago–. Muchas parejas siguen juntas toda la vida.

–Me alegro por ellas.

–¿No crees que el amor pueda durar tanto tiempo? –preguntó ella, arrugando la frente.

–Creo que la gente confunde amor y lujuria –dijo él–. La lujuria es algo pasajero que se agota pasado un tiempo. El amor, en cambio, crece con el tiempo, dadas las condiciones apropiadas.

–Pensaba que no creías en el amor –dijo ella.

–Que no haya estado enamorado no significa que el amor no exista –aclaró él–. Creo que funciona para algunas personas.

–Pero no crees que esté enamorada, ¿verdad?

–Creo que quieres ser amada. Es comprensible, dado que tu padre ya no está y tu madre se fue y es demasiado egoísta para quererte como es debido.

–Haces que suene como un personaje trágico –se mordisqueó el labio inferior.

–No desperdicies tu vida en alguien que no te quiere por las razones adecuadas, Bella –aconsejó él, tras estudiarla un momento.

–Julian me quiere por las razones correctas. Es el primer hombre que no me ha presionado para que me acostara con él. ¿Eso no significa nada?

–¿Es homosexual?

–Claro que no es homosexual –lo recriminó con los ojos–. Tiene principios y autocontrol.

–El hombre es un santo –dijo Edoardo–. Yo no puedo estar en la misma habitación que tú sin desear arrancarte la ropa del cuerpo y seducirte.

–No deberías decir esas cosas –dijo ella con las mejillas llameando de nuevo. Desvió los ojos.

–¿Por qué no?

–Ya sabes por qué.

–¿No crees en decir la verdad? –inquirió él.

–Hay cosas que es mejor callar.

Edoardo se acercó a ella y alzó su barbilla con la punta del dedo índice.

–¿De qué tienes tanto miedo? –preguntó.

–No tengo miedo de nada –nerviosa, se humedeció los labios con la punta de la lengua.

–Tienes miedo de perder el control –adivinó él–. Y yo hago que lo pierdas, ¿verdad, Bella? No soy como esos novios embobados de los que te rodeas. A ellos puedes controlarlos, pero a mí no. Ni siquiera puedes controlarte tú cuando estás conmigo. Te asusta que tenga tanto poder sobre ti.

–No tienes ningún poder sobre mí –alegó ella, mirándolo con frialdad.

–¿No? –arqueó una ceja y pasó un dedo por su labio inferior. El labio de ella tembló bajo la caricia, antes de que se apartara de su alcance.

–Quieres arruinarme la vida, ¿verdad? –lo acusó con ojos centelleantes–. Quieres crearme problemas porque siempre te ha molestado que yo naciera rica mientras que tú naciste sin nada. Crees que arrastrándome a tu nivel equilibrarás la balanza. Pero no es así. Siempre serás un marginado que tuvo suerte y aterrizó de pie.

Las terribles palabras resonaron en el silencio.

–¿Te sientes mejor ahora que te has sacado eso del pecho? –preguntó Edoardo.

–Me marcho –alzó la barbilla. Sus ojos marrones aún brillaban desafiantes–. No me quedaré ni un minuto más contigo.

–Que tengas suerte –dijo él–. Hay ventisca y lleva nevando una hora. No llegarás ni al final del camino que sale a la carretera.

–Eso ya lo veremos –se dio la vuelta y salió.

–Maldita sea –Bella golpeó el volante con frustración. Había querido demostrarle a Edoardo que se

equivocaba. Y casi lo había conseguido; había llegado
más allá del final del camino. Pero al incorporarse a
la carretera el coche patinó hacia un lado y se empotró
en un ventisquero, con nieve hasta las ventanillas. Estaba fuera del campo de visión de la hacienda y, con
nieve bloqueando la carretera en ambas direcciones,
podría pasar mucho tiempo allí atascada. Hacía frío,
a pesar de la calefacción, y sabía que, si dejaba el motor encendido mucho rato, se quedaría sin batería. Podía llamar al servicio de ayuda en carretera, que tardaría en llegar. O podía llamar a Edoardo.

Buscó el móvil en el bolso que tenía a su lado. Lo
sacó y pasó un rato mirando el número de Edoardo en
la pantalla. Por más que le doliera admitir la derrota,
pulsó el botón de llamada.

–¿Quieres que vaya a buscarte? –preguntó él sin
mayor preámbulo.

–Si no es mucha molestia –Bella apretó los dientes
en silencio.

–Quédate en el coche.

–No podría salir aunque quisiera –dijo ella, mirando la pared de nieve que rodeaba las puertas.

Mientras esperaba que llegara Edoardo, sonó el teléfono. Bella miró la pantalla y contuvo un gruñido.
Su madre solo la llamaba cuando quería algo, normal-
mente dinero.

–Mamá –dijo–. ¿Cómo van las cosas?

–Bella, necesito hablar contigo –dijo Claudia–.
Tengo un pequeño problema financiero. ¿Tienes un
momento para hablar?

–Todo el tiempo del mundo –Bella suspiró, mirando el paisaje nevado que rodeaba su pequeño coche–. ¿Cuánto necesitas?

–Solo unos cuantos miles para pasar el bache –dijo

Claudia–. He decidido dejar a José. Las cosas no iban bien. Estoy pasando unos días en Londres. Pensé que estaría bien pasar algo de tiempo juntas, ya sabes, ir de compras, hacer cosas de chicas.

–Ahora mismo no estoy en Londres.

–¿Dónde estás?

–Fuera de la ciudad –dijo Bella.

–¿Dónde, fuera de la ciudad? –insistió Claudia.

Bella tomó aire y lo soltó lentamente. No sería tan malo decirle a su madre dónde estaba. Tal vez, si fuera más abierta con ella, Claudia empezaría a comportarse más como una madre. Anhelaba tener a alguien con quien hablar que la entendiera. Estaba cansada de sentirse tan aislada y sola.

–Estoy en Haverton Manor.

–Con... ¿con Edoardo?

–Sí... Bueno, no diría que con él –dijo Bella–. Apenas lo veo. Él va a lo suyo y yo lo a lo mío.

–Imagino que te ha contado un montón de mentiras sobre mí, ¿verdad? –acusó Claudia–. Tu padre fue un tonto sentimental al dejarle asumir el control de tus asuntos. ¿Cómo sabes si te está robando o no? Podría estar vendiendo acciones a tu espalda y no sabrías nada al respecto.

–No me está robando –afirmó Bella–. Lo gestiona todo de maravilla.

–¿Cómo puedes confiar en que haga lo mejor para ti? –preguntó Claudia–. No olvides que habría ido a prisión si tu padre no hubiera respondido por él. Tiene mala sangre.

–No creo que se deba juzgar a alguien por dónde y cómo crecieron –lo defendió Bella–. El comienzo de su vida fue muy duro. Se quedó huérfano a los cinco años. Creo que es impresionante lo bien que le ha ido, teniendo en cuenta lo difíciles que fueron las cosas para él.

–Santo cielo –murmuró Claudia–. Esto sí que es un cambio de órdago, ¿no?

–¿Qué quieres decir? –Bella arrugó la frente.

–Tú saliendo en defensa de Edoardo –dijo Claudia–. Hablas como si fuerais amigos del alma. ¿Qué está pasando ahí?

–Nada –Bella se habría dado de bofetadas por contestar tan rápido. Demasiado rápido. Casi pudo ver la sonrisa sarcástica de su madre.

–Te has acostado con él, ¿a que sí?

–¿Cómo puedes pensar eso? –dijo Bella, con el tono de voz más desdeñoso que pudo–. Sabes que siempre nos hemos odiado.

–El odio no impide que la gente practique el sexo –dijo Claudia–. Algunos de los mejores momentos sexuales de mi vida han sido con hombres a los que odiaba a rabiar.

Bella no había pensado hablarle a Claudia de su compromiso hasta que fuera oficial, pero haría cualquier cosa para no escuchar los detalles de la morbosa y colorida vida sexual de su madre.

–Voy a prometerme –dijo.

–¿Prometerte? –repitió Claudia–. Oh, Dios, ¿no será con Edoardo?

Bella arrugó la frente al intentar imaginarse a Edoardo poniéndole un anillo en el dedo, a ella o a cualquier otra mujer. No conseguía verlo. Él nunca declararía sus sentimientos, si tenía alguno. Nunca admitiría necesitar a alguien.

Y jamás admitiría que la necesitaba a ella.

La deseaba, pero eso era distinto. No la necesitaba en el sentido emocional. No necesitaba a nadie. Era como un lobo que se hubiera apartado de la manada. Nadie vería nunca lo que sentía en su interior.

–No, no con Edoardo. Con Julian Bellamy.

–¿Lo conozco?

–No, solo llevamos tres meses saliendo juntos.

–¿Es rico?

–Eso no tiene nada que ver con nada –dijo Bella–. Lo quiero.

–¿Cuándo no has querido a un novio? –preguntó Claudia–. Te enamoras y desenamoras todo el tiempo. Llevas haciéndolo desde los trece años. ¿Y si solo busca tu dinero?

–Suenas igual que Edoardo –dijo Bella poniendo los ojos en blanco.

–Sí, aunque no sea de buena clase social es espabilado –admitió Claudia–. Tu padre no permitía que se le criticara. Creo que el fondo tenía la esperanza de que te emparejaras con él.

–¿Qué? –a Bella se le encogió el estómago–. ¿Con Edoardo?

–¿Por qué si no iba a redactar su testamento como lo hizo? –preguntó Claudia–. Apuesto a que le dio el control a Edoardo para que tuvieras que verlo a menudo. Esperaba que os enamoraseis con el paso del tiempo.

–No voy a enamorarme de Edoardo.

–Serías la guinda del pastel para un hombre como él –siguió Claudia–. El toque de gracia a su paso de pobre a rico. Una esposa trofeo para procrear herederos de sangre azul que diluyan la mala sangre que corre por sus venas.

Bella sintió un cosquilleo en el vientre al imaginárselo hinchándose con un hijo de Edoardo.

–Mamá, tengo que dejarte –dijo–. Te enviaré dinero en cuanto pueda. Estoy... en medio de algo.

–Supongo que tendrás que pedirle permiso a Edoardo –dijo Claudia con amargura–. No dejes que se interponga entre nosotras, Bella. Soy tu madre. No lo olvides nunca.

–No lo haré –contestó Bella pensando en el día, tantos años atrás, en que su madre se había ido con su amante sin molestarse en decirle adiós.

Edoardo encontró a Bella semienterrada en la cuneta, a cincuenta metros de la verja de entrada a la finca. Ella bajó la ventanilla al ver el tractor.

–Si vas ha decir «Ya te lo advertí», por favor, ahórrate la saliva –le dijo cuando se acercó.

–No haces las cosas a medias, ¿eh? –dijo él.

–¿Podrás sacarme?

–Claro. Quédate en el coche y mantén las ruedas enderezadas mientras te remolco.

Ella lo miró con rabia desde detrás del volante, mientras él enganchaba el cable al parachoques. Remolcó el coche y, una vez estuvo fuera de la cuneta, hizo que Bella subiera con él en el tractor para volver a casa.

–¿Tienes suficiente calor? –le preguntó, haciéndole sitio a su lado–. Puedes ponerte mi chaquetón.

–Estoy bi… bien –dijo ella titiritando.

–No tienes que llevarme la contraria porque sí, Bella –dijo él. Se quitó la prenda y la puso sobre sus estrechos hombros.

–Es un hábito, supongo –se mordió el labio.

–Los hábitos pueden romperse.

Edoardo condujo el tractor con el coche a remolque hasta la casa. Seguía nevando, incluso con más fuerza. Todo estaba cubierto por una espesa manta blanca. El aire era gélido.

Cada vez que respiraban, veían el vaho de su aliento. Miró a Bella de reojo y la vio acurrucada en su abrigo, aferrando los bordes y apretándolo contra su pecho. Parecía diminuta, indefensa y vulnerable.

—Eh —dijo, dándole un golpecito con el hombro.

—Perdona, ¿has dicho algo? —Bella parpadeó y lo miró.

—Un penique por ellos.

—¿Disculpa?

—Por tus pensamientos —aclaró él.

—Oh...

—¿Qué ocurre?

—Nada —desvió la mirada y se arrebujó más.

Edoardo detuvo el tractor ante la casa y la ayudó a bajar.

—Estás helada —dijo él, sujetando su mano.

—Se me olvidó ponerme los guantes.

—Ve adentro —soltó su mano—. Yo me ocuparé del coche. Ve a calentarte. Entraré en un minuto —se inclinó para soltar el cable del parachoques.

—¿Edoardo?

—¿Sí? —se enderezó y la miró.

—Necesito dinero extra —se mordió él labio—. ¿Podrías transferir cinco mil libras a mi cuenta?

—No tendrás un problema de juego, ¿verdad?

—¡Claro que no! —exclamó ella, ofendida.

—¿Para qué lo quieres?

—No veo por qué tengo que decirte en qué gasto mi dinero —su expresión se volvió altiva.

—Lo harás mientras esté bajo mi control.

—Mi madre piensa que te quedas con parte de los dividendos para crearte unos ahorrillos —dijo ella con una mirada arisca.

—¿Y qué piensas tú, Bella? ¿Crees que caería tan

bajo como para traicionar la confianza que tu padre depositó en mí?

—Necesito el dinero lo antes posible —se dio la vuelta para ir hacia la casa.

—Para tu madre, supongo.

La espalda de Bella se tensó. Tras una leve pausa, giró para mirarlo de nuevo.

—Si fuera tu madre, ¿qué harías tú? —preguntó.

—No la ayudas sacándole siempre las castañas del fuego —afirmó él—. Se ha hecho dependiente de ti. Tendrás que cortarle el chorro o acabará dejándote seca. Es una de las razones por las que tu padre orquestó las cosas como lo hizo. Sabía que serías demasiado blanda y generosa. Al menos yo puedo decir «No» cuando hace falta.

—¿Te pidió dinero cuando vino el otro día?

—Entre otras cosas.

—¿Qué otras cosas? —lo miró intrigada.

—No voy a hablarte mal de tu madre —dijo él—. Baste con decir que no soy su persona favorita en el mundo.

—Lo siento si te ofendió.

—Tengo la piel gruesa. Será mejor que entres en casa antes de que la tuya se convierta en hielo.

—Lo que te dije antes no era en serio —buscó su mirada—. Creo que eres uno de los hombres más decentes que he conocido nunca.

—¿Te está afectando el frío? —preguntó Edoardo con media sonrisa burlona.

Bella dejó de mirarlo y puso rumbo hacia la casa. Él contempló su delicada figura alejarse, aún envuelta en su chaquetón. Le quedaba tan grande que casi le llegaba a las rodillas. Parecía una niña que hubiera estado jugando a disfrazarse. Edoardo sintió un extraño pinchazo en el pecho, como si un hilo tirara de su corazón.

Cuando la puerta se cerró tras ella, soltó el aire que no había sido consciente de estar conteniendo.

–Ni se te ocurra ir por ese camino –masculló entre dientes, poniendo rumbo hacia el granero.

Capítulo 8

EDOARDO entró en la cocina una hora después y encontró a Bella estudiando un libro de cocina de la señora Baker. Llevaba un delantal sobre la ropa y tenía una mancha de harina en la mejilla izquierda. Alzó la vista cuando lo oyó entrar.

—Espero que no te importe, pero voy a hacer la cena –dijo–. He pensado que ya es hora de que haga algo por aquí, dado que no puedo irme.

—¿Sabes cocinar? –Edoardo arqueó una ceja.

—He estado recibiendo clases de una de mis compañeras de piso. Es segunda jefe de cocina en un restaurante del Soho.

—¿En el que pertenecía a tu exnovio?

Bella dejó escapar un pequeño suspiro y miró los ingredientes que tenía ante ella.

—Solo salí con él un par de veces –aclaró–. La prensa infló la noticia. Siempre hacen lo mismo.

—Supongo que el mundo quiere saber qué hace una de las solteras más cotizadas de Gran Bretaña.

—A veces desearía no provenir de una familia tan rica –dijo ella con el ceño fruncido.

—No lo dices en serio, ¿verdad? –Edoardo se apoyó en la encimera–. Te encanta. Siempre te ha encantado. No sabrías qué hacer contigo misma si no tuvieras montañas de dinero.

—La madres de mis amigas les dan dinero o les compran cosas o las llevan de compras –dijo aún ceñuda–. Estoy cansada de sentirme responsable de las facturas de mi madre.

–¿Le diste a ella el dinero?

–Sí, y ni siquiera ha enviado un mensaje o llamado para darme las gracias –dejó escapar un suspiro triste–. Seguramente ya se lo ha gastado.

–He pensado en lo que dije antes. En realidad no es asunto mío a quién le das tu dinero. Es tu madre. Supongo que no puedes darle la espalda.

Tras un breve silencio, ella alzó sus enormes ojos marrones para mirarlo.

–Ojalá pudiera estar segura de que le gusto a la gente. ¿Cómo puedo saber si les gusto por quién soy como persona? Ni siquiera sé si mi madre me quiere o me ve como un cheque en blanco.

–Separar a los amigos de los aprovechados siempre es un reto, incluso para quienes no son ricos. Supongo que hay que confiar en el instinto.

–Creo que tenías razón antes: deseo tanto ser amada que eso nubla mi juicio –suspiró de nuevo.

–No tiene nada de malo querer ser amado –dijo él–. No seríamos humanos si no lo quisiéramos.

–¿Tú quieres ser amado? –alzó hacia él sus ojos suaves y luminosos.

–Me da igual serlo que no –Edoardo encogió los hombros con cierta indiferencia. Amar era algo que ya no iba con él. Sospechaba que había olvidado cómo hacerlo. Y no tenía ninguna intención de apuntarse a un curso que le refrescara las ideas.

–No puedes decir eso en serio –una arruguita surcó su frente–. Lo que pasa es que no quieres que vuelvan a fallarte o abandonarte.

Él torció el labio; se sentía amenazado por lo cerca

que estaba ella de la verdad. No permitía que nadie se acercara a él. Godfrey había sido una excepción, pero había tardado años, y ni aun así le había contado todo lo referente a su pasado.

–Crees saberlo todo de mí, ¿eh, Bella?

–Creo que alejas a la gente porque te da miedo encariñarte demasiado –dijo ella–. Te gusta tener control absoluto de tu vida. Si tuvieras sentimientos por otras personas, podrían aprovecharse de ti. Podrían abandonarte igual que hicieron tus padres.

La mandíbula de Edoardo se tensó como si fuera de acero y apretó los dientes. Pensó en la primera casa a la que lo habían enviado con diez años, cuando las autoridades se hicieron cargo de él. Para entonces ya había sufrido cinco años del trato caprichoso y cruel de su padrastro. Cinco años viviendo sumido en el horror, temblando de miedo noche y día por si las cosas se ponían feas.

Las manos que lo habían alimentado y vestido, y a veces incluso sido cariñosas con él, podían convertirse en armas peligrosas en un parpadeo. No importaba lo bien que se portara. A veces, la espera de la brutalidad lo atormentaba tanto que se portaba mal para que acabara cuanto antes. Pero ni siquiera así tenía forma de saber cuándo golpearía su padrastro. Su cuerpo funcionaba a base de adrenalina. Estaba continuamente en modo «corre o pelea».

No había habido esperanza de que pudiera asentarse en ninguna casa.

En retrospectiva, veía que las familias de acogida, unas mejores que otras, habían hecho cuanto podían. Habían intentado ofrecerle refugio y apoyo, pero él había saboteado todo intento de acercamiento. Hasta que Godfrey Haverton lo había acogido y, de forma tranquila y discreta, le había demostrado que dependía de él mismo hacer algo de su vida. Bajo la tutela constante y segura de Godfrey había aprendido a hacerse hombre, un hombre con autocontrol y respeto a sí mismo, agente de su propio destino, que no estaba a la merced de los demás.

Pero no iba a contarle su pasado a Bella. Lo había encerrado bajo llave y así seguiría.

–No sabes de qué diablos estás hablando –dijo.

–Yo creo que sí –dijo con voz queda y segura que a él le pareció más amenazadora que un grito–. Creo que quieres lo mismo que todos. Pero en el fondo tienes la sensación de que no te lo mereces.

–¿Eso lo has leído en un libro de autoayuda o acabas de inventártelo? –dijo él, burlón.

–No lo he leído en ningún sitio –tomó aire y lo soltó lentamente–. Lo percibo, igual que lo percibía mi padre. Creo que te entendió desde el primer momento. No te presionó ni te obligó a aceptar afecto. Esperó a que fueras a él cuando tuvieras la confianza suficiente para hacerlo.

–Estás haciendo que parezca un perro maltratado –Edoardo soltó una risa desdeñosa que a él mismo le chirrió en los oídos.

Los ojos de ella buscaron los suyos, suaves y perceptivos, conocedores.

El silencio se alargó. Él percibía cada segundo y le parecían como martillazos dentro de su cabeza.

–¿Qué te ocurrió, Edoardo? –inquirió ella.

Los recuerdos le golpearon en el hombro con sus dedos largos y huesudos: «Ven aquí. ¿Recuerdas la vez que te dio con el cinturón hasta que sangraste? ¿Recuerdas las duchas de agua helada? ¿Recuerdas el hambre? ¿Recuerdas la sed?».

Los apartó de su mente, pero surgió uno más, muy a su pesar: «¿Recuerdas los cigarrillos?».

–Déjalo, Bella –dijo con voz tensa–. No me interesa rememorar cosas que olvidé hace mucho.

–Pero no las has olvidado, ¿verdad?

Él abrió y cerró los puños, se sentía como si una sierra estuviera atravesándole el estómago. Sintió el dolor en la espalda. Había ocurrido hacía mucho, pero aún recordaba el horrible dolor y la impotencia. ¡Cuánto había odiado esa impotencia! Su labio superior se cubrió de sudor. También sintió que le resbalaba entre los omóplatos. Su cabeza latía con los recuerdos, todos ellos compitiendo por ocupar el sitio de honor.

–¿Edoardo? –Bella tocó su brazo–. ¿Estás bien?

Edoardo la miró. Estaba tan cerca de él que olía su champú además de su perfume. Sus ojos estaban llenos de preocupación y tenía la boca entreabierta. Oía el sonido suave de su respiración.

Su teléfono móvil pitó, anunciando la llegada de un mensaje de texto. Los recuerdos volvieron a las sombras como ratas que escaparan de la luz de una puerta abierta.

–Sé que tu intención es buena, Bella, pero hay cosas que es mejor olvidar –soltó el aire lentamente–. Mi infancia es una de ellas.

–Si alguna vez quieres hablar... –dio un paso atrás y dejó caer la mano.

–Gracias, pero no –miró su teléfono un momento–. Mira, al final no me quedaré a cenar.

–¿Vas a salir con este tiempo? –la expresión de Bella se nubló.

–Rebecca Gladstone necesita ayuda con algo –explicó él–. No sé cuánto tardaré en volver.

Ella frunció la boca y sus ojos perdieron la suavidad y se volvieron duros como el diamante.

–¿Para qué necesita ayuda? –preguntó–. ¿Para dar la vuelta al embozo de la cama?

–Los celos no te favorecen nada, Bella.

–No estoy celosa –juntó las cejas–. Me parece fatal seguirle la corriente a alguien si no tienes intención de tomarte en serio sus sentimientos.

–Pues mira quién fue a hablar.

–¿Qué se supone que quiere decir eso?

–Mientras tu futuro prometido está lejos, has hecho todo tipo de travesuras, ¿no crees?

–Al menos no estoy jugando con tus sentimientos –dijo ella, sonrojándose de vergüenza y de ira al mismo tiempo–. Tú no los tienes, o desde luego no por mí.

–¿Te irrita eso, Bella? ¿Que no me haya postrado a tus pies como todos tus pretendientes, declarándote mi amor a la menor oportunidad?

–No te creería si lo hicieras –dijo ella lanzándole una mirada cortante.

–No, claro que no –Edoardo soltó una carcajada–. Me conoces demasiado bien para eso. Puede que te desee como el mismo diablo, pero no te amo. Eso escuece un poco, ¿verdad?

–No me molesta lo más mínimo –alzó la barbilla–. Yo tampoco tengo sentimientos por ti.

–Aparte de la lujuria.

–Al menos eso puedo controlarlo –dijo ella ruborizándose de nuevo.

–¿Puedes? –tomó su barbilla entre el índice y el pulgar y atrapó su mirada–. ¿Puedes de verdad?

–¿Por qué no lo compruebas? –parpadeó.

Él se sintió más que tentado. Sintió la necesidad

crecer como una riada. Su sangre hervía. Su deseo de ella era como una bestia hambrienta alojada en su interior que luchaba contra él.

–Puede que en otro momento –con esfuerzo, dejó caer la mano y dio un paso atrás. Durante un nanosegundo pensó que la expresión de ella mostraba decepción, pero la ocultó rápidamente.

–No habrá otro momento –dijo ella–. En cuanto se derrita la nieve, me iré de aquí.

–¿Y si no se derrite durante una semana? –preguntó él, empujando la puerta con el hombro.

–Entonces saldré afuera con un secador de pelo y la derretiré yo misma.

Bella durmió a trompicones hasta las dos de la mañana. Entonces se levantó y miró por la ventana. Seguía nevando, pero con menos fuerza. El exterior parecía un paisaje de cuento, una escena que echaría mucho de menos cuando dejara Haverton Manor por última vez. Intentó imaginarse cómo sería su vida cuando acabara el periodo de tutela. No habría razón para ver a Edoardo. No habría más reuniones bianuales. Ni llamadas telefónicas mensuales, ni mensajes de correo. Él seguiría su camino y ella el suyo.

No tendrían que verse o hablar el uno con el otro nunca más.

Se apartó de la ventana. Tenía que dejar de pensar en él. Dejar de preguntarse por qué era el enigma que era. ¿Qué había puesto ese cinismo en sus ojos? ¿Qué lo había hecho tan autosuficiente que nada ni nadie tocaba su corazón?

No podía dejar de pensar en él como un huérfano de cinco años. ¿Quién lo había cuidado? ¿Quién lo había consolado y reconfortado? ¿Quién lo había querido? ¿Lo había hecho alguien?

Durante todos esos años lo había considerado un rebelde que no encajaba en ningún sitio, que no quería encajar. Pero tal vez fuera su infancia lo que lo había hecho así. Le gustaría saber cómo abrir los cerrojos que guardaban su corazón.

Se preguntaba si llegaría un momento de su vida en el que los bienes y la seguridad financiera dejaran de ser suficientes y anhelara los vínculos que había rechazado durante casi toda su vida.

Bella bajó a prepararse una bebida caliente. Estaba calentando la leche en el microondas cuando entró Edoardo. Seguía llevando la misma ropa que antes y tenía copos de nieve en el pelo.

–¿Estabas esperándome, Bella? –preguntó, quitándose el abrigo.

–Debes de estar de broma –lo miró con desdén.

–Recuerdos de parte de Rebecca –se sacudió la nieve del pelo con una mano.

–¿Hablasteis de mí cuando estabais juntos en la cama? –preguntó Bella indignada.

–No nos hemos acercado a ninguna cama.

–Por favor, ahórrame los detalles morbosos.

–He estado ayudándola con un caballo herido de una propiedad vecina –aclaró él–. ¿Recuerdas la finca de los Atkinson? El nuevo propietario tiene purasangres. Una de las yeguas se ha cortado una pata con la alambrada. Rebecca necesitaba un par de manos adicionales para sujetarla.

–Oh... –Bella se mordió el labio.

–Rob Handley es el nuevo propietario. Es algo tímido, pero agradable cuando se le conoce.

–¿Por qué me estás contando eso? –Bella lo miró sorprendida.

–He pensado que podrías comentárselo a Rebecca si alguna vez charláis –encogió los hombros–. Rob ha empezado con mal pie con ella. Lo considera arrogante. Es una pena, porque a él le gusta mucho. Harían una pareja excelente.

–No me digas que en el fondo eres un romántico –Bella ladeó la cabeza.

–En absoluto. Hasta un ciego vería que esos dos encajan juntos. Solo necesitan un empujoncito en la dirección correcta –señaló el chocolate caliente que había en la encimera–. ¿Podrías hacerme uno de esos?

Bella preparó la bebida y se la dio. Sus dedos se rozaron y sintió la habitual descarga eléctrica.

–Ya que hablamos de parejas perfectas, me gustaría concretar algunos planes para mi boda.

–No.

–¿Es que ni siquiera vas a escucharme?

–Estás cometiendo un gran error, Bella. ¿Es que no lo ves? Piensa en lo que ha estado ocurriendo entre nosotros. ¿Cómo puedes pensar que serás feliz con un hombre que puede pasar semanas o meses sin hacerte el amor?

–No todos los hombres son esclavos de sus deseos –protestó ella–. Algunos tienen autocontrol.

–Bueno, ya veremos cuánto autocontrol tiene después de un año –dijo él.

–No voy a esperar un año. Ya te lo he dicho. Quiero casarme en junio.

–¿Qué es un año comparado con toda tu vida? Precipitarse al matrimonio puede ser desastroso para las mujeres, incluso en esta época de adelantos y progresos.

–Firmaré un acuerdo prenupcial si eso te tranquiliza –ofreció ella–. Estoy segura de que a Julian no le importará. De hecho, probablemente insista en hacerlo.

–No se trata solo del dinero. No creo que estés enamorada de este tipo. ¿Cómo puedes estarlo? Mira cómo respondes a mí.

–Eso es culpa tuya –escupió Bella.

–¿Por qué es culpa mía?

–Porque no has hecho más que intentar seducirme desde el momento en que llegué. No me has tocado en años, desde aquella noche cuando tenía dieciséis. ¿Por qué ahora sí? ¿Por qué cuando estoy a punto de casarme con otro?

–¿Crees que no he querido tocarte todos estos años? –apretó la mandíbula y dejó su tazón en la encimera–. Diablos, Bella, ¿estás ciega? Claro que quería tocarte. Aquella noche eras demasiado joven y estabas medio borracha. Cuando me pareció que tenías la edad suficiente, tu padre enfermó. Después falleció, y al nombrarme tu tutor complicó las cosas –se mesó el cabello–. Si hubiera sabido lo que planeaba tu padre, habría intentado disuadirlo.

–Creía que lo habías planeado con él –Bella hizo una mueca–. ¿De verdad no sabías nada?

–Sabía que lo preocupaba cómo gestionarías tu fortuna –tragó aire y resopló–. Él creía que serías presa fácil para alguien que buscara tu dinero. Sabía que eras blanda de corazón.

–Pero no le mostré ese corazón tan blando cuando él lo necesitaba –dijo ella con tristeza.

–No todo fue culpa tuya, Bella –alzó su barbilla para mirarla a los ojos–. Tu padre podía ser muy testarudo cuando quería. Te apartó de él tanto como tú lo apartaste de ti.

–¿Igual que haces tú?

–Yo no soy como tu padre –dejó caer la mano.

–Sí lo eres. Por eso os llevabais tan bien. Erais almas gemelas. Se veía a sí mismo en ti. Acabo de darme cuenta ahora. Él también tuvo un mal comienzo en la vida. Su madre murió cuando era joven; creo que tenía seis o siete años. Lo enviaron a vivir con unos parientes lejanos porque su padre tenía que trabajar. No le gustaba hablar de ello. Era como una herida que no quería que viera nadie.

–Has equivocado tu vocación, ¿no crees? –dijo él con una sonrisa irónica–. Si no hubieras hecho carrera de salir a almorzar e ir de compras, podrías haber sido psicóloga.

–Eso. Ríete de mí –rezongó Bella con irritación–. Búrlate. De eso es de lo que has hecho carrera tú, ¿verdad?

–Veamos cómo de buenas son tus dotes de psicóloga –agarró su barbilla–. ¿Por qué corres a casarte con un hombre al que apenas conoces?

–Porque lo quiero –Bella sostuvo su mirada.

–Porque tienes pánico –refutó él–. Solo falta un año para que una tonelada de dinero caiga en tus manos. No sabes cómo vas a manejarlo, ¿verdad? Te preocupa ser incapaz de hacerlo sola y por eso te has enganchado a la primera persona estable y de confianza que crees que podrá ayudarte.

–Eso no es verdad. Quiero asentarme y formar una familia. No quiero seguir sola. Quiero pertenecer a alguien.

–Tienes miedo de la pasión que arde dentro de ti –la atrajo hacia él–. Te preocupa acabar como tu madre, saltando de una aventura superficial a otra.

–No soy como mi madre –protestó, forcejeando contra sus fuertes brazos–. No voy a casarme por lujuria. La lujuria no entra en la ecuación.

–No, claro, no puede, ¿verdad? –dijo él–. Porque tu lujuria está centrada en otro sitio.

Bella sintió el empuje de su erección y la oleada de deseo que se alzaba en su interior como un tsunami. Era más fuerte que sus defensas. ¿Cómo podía resistirse cuando su cuerpo estaba programado para responder solo al de él?

–No quiero desearte –alegó.

–¿Y crees que yo quiero desearte a ti? –preguntó él, enredando una mano en su cabello–. He luchado contra ello desde el primer día.

A Bella le encantó oír esa confesión. Había creído que no sentía nada por ella. Su indiferencia la había molestado mucho, pero todo ese tiempo él había estado luchando contra su atracción.

Pero ¿qué sentido tenía decírselo a esas alturas? ¿Por qué se lo estaba diciendo?

–¿No has dejado para muy tarde el decírmelo? Estoy a punto de anunciar mi compromiso.

–¿Es demasiado tarde? –frotó la boca contra la de ella una, dos veces.

Bella no estaba segura de qué era lo que le preguntaba. Se lamió los labios y miró esa boca sensual y malvada capaz de hacerle sentir cosas que no tenía derecho a sentir. Quería volver a sentir su boca en la suya. Quería sentirla en el cuerpo, en los senos, en la parte interior de los muslos, en el mismo centro de su deseo.

–No me amas –dijo ella, pasando un dedo por su labio inferior.

–Tú tampoco me amas –replicó él–. Si me amaras, no le prometerías matrimonio a otra persona, ¿verdad?

–¿Querrías que te amara? –preguntó ella, esa vez acariciando su labio superior.

–No. Eso no es en absoluto lo que quiero.

–¿Qué es lo que quieres entonces? –detuvo el movimiento de su dedo y lo miró a los ojos. Se le aceleró el corazón al ver la pasión que reflejaba su mirada azul verdosa.

–¿De verdad necesitas preguntar eso? –moldeó su trasero con las manos y la atrajo hacia su erección.

Bella contuvo el aliento cuando la cabeza de él descendió lentamente. Tuvo la oportunidad de apartarse. Tuvo la posibilidad de decir que no. Tuvo tiempo más que de sobra para decirle que no tenía intención de hacer el amor con él.

Pero no lo hizo.

Capítulo 9

BELLA cerró los ojos justo cuando su boca se posaba en la de ella. Fue un beso suave que deleitó sus sentidos. La lengua de él se movió contra la suya, iniciando un juego erótico. Ella sintió un cosquilleo bajo la piel, como si su sangre se hubiera convertido en champán.

Él incrementó la presión de sus labios y las caricias tentativas de su lengua se transformaron en penetración y retirada. Su intención era inconfundible y el cuerpo de ella empezó a zumbar con el deseo de sentirlo dentro de ella, moviéndose, empujando. Ya sentía el rocío de la necesidad entre los muslos y las pequeñas contracciones de sus músculos internos.

Dejó escapar un suave gemido cuando él puso la mano en su nuca e introdujo la lengua en su boca clavando la pelvis, dura como una roca, contra ella. Mareada de deseo, movía las manos buscando acceso a su piel desnuda.

—Te deseo —susurró contra su boca—. Sé que está mal, pero te deseo.

—No está mal —dijo él, introduciendo las manos bajo su jersey, buscando sus senos—. Es inevitable. Siempre lo ha sido.

Bella gimió al sentir la caricia de sus manos curtidas. Empezó a forcejear con los botones de su camisa, y no le importó arrancar uno, que cayó al suelo. De positó besos ardientes en su cuello y su esternón mientras sus manos empezaban a desabrocharle el cinturón y los vaqueros.

Él gruñó con placer viril cuando por fin liberó su miembro. La mano de ella lo sintió grueso y duro, suave como la seda y ya húmedo en la punta.

—Dormitorio —musitó él contra sus labios, alzándola en brazos.

—Peso demasiado —protestó ella—. Te harás daño en la espalda.

—No seas ridícula. ¿Con qué clase de hombres has estado saliendo? No pesas nada —abrió la puerta con el hombro y la llevó arriba, deteniéndose de vez en cuando para torturar su boca con el fuego y la pasión de la suya.

Bella estaba loca de deseo para cuando llegaron al dormitorio. Él la tumbó en su cama y descendió sobre ella, atrapando su boca. Ella deslizó las manos bajo la camisa abierta, descubriendo los planos y contornos de su espalda y hombros. Era muy delgado pero musculoso, y tenía la piel caliente y seca. Captaba su aroma viril bajo el de la loción para después del afeitado; era como una llamada dirigida a la mujer primitiva que había en ella, en un lenguaje ancestral como el tiempo.

Él apoyó el peso en un brazo mientras se sacaba la camisa y la tiraba al suelo, junto a la cama. Bella se estremeció de anticipación cuando empezó a desnudarle. El suéter fue lo primero que acabó en el suelo, seguido por el sujetador, pero no antes de que él succionara cada pezón a través del encaje. Un gesto muy erótico, que la barrera del encaje hizo aún más placentero.

Su boca descendió depositando besos hasta su estómago, deteniéndose a lamer su ombligo. Ella se tensó al sentir que sus dedos empezaban a apartar el encaje de sus bragas.

—¿Qué ocurre? —preguntó él, deteniendo la mano—. ¿Voy demasiado rápido?

—No... es solo que no me he hecho la cera.

—Bien. Nada me gusta más que una mujer de verdad.

Bella contuvo el aliento mientras él tiraba del encaje hacia abajo para descubrirla. Vio como sus ojos se oscurecían de deseo.

—Eres bellísima —dijo él.

La sensación de su dedo delineando su forma era increíble. La exploró con los dedos, despacio, esperando a que se relajara antes de introducir un dedo, luego dos, en su interior. Retiró los dedos y bajó la boca hacia ella, probando su sabor con un suave movimiento de la lengua. Ella inhaló con fuerza, sorprendida por la sensación. Tenía miedo de hacer el ridículo. Era una situación demasiado íntima y quizá no supiera responder de la manera adecuada. Jadeó e intentó apartarse.

—Relájate —la tranquilizó él—. Déjate llevar.

—Esto no se me da muy bien —dijo Bella, mordiéndose el labio inferior.

—Ahora no se trata de mí, sino de ti. De tu placer. Tómate todo el tiempo que necesites.

Ella se tumbó mientras él seguía acariciándola suavemente, con dedos firmes y seguros. Esperó a que estuviera totalmente relajada antes de volver a acariciarla con la lengua. Utilizó movimientos lentos, midiendo su reacción, variando la presión y velocidad hasta que ella sintió que las sensaciones explotaban en su interior. Llegaron en oleadas que inundaban su cuerpo, azotándolo, sumiéndola en un delicioso torbellino de placer.

–Oh, Dios –gimió–. Eso ha sido... increíble.

Él volvió a situarse a su altura, le apartó el pelo de la frente con la mano y la estudió pensativo.

–No te sientes muy segura sexualmente, ¿verdad? –inquirió con voz suave. Ella bajó la mirada y la clavó en su nuez.

–No soy virgen, si eso es lo que estás preguntando. He practicado el sexo muchas veces.

–¿Cuántas parejas has tenido? –alzó su barbilla con el dedo índice.

–Cinco –respondió ella.

–¿Cinco? –él ladeó la cabeza.

–Bueno, seis, si se cuenta la primera vez, pero nunca lo hago porque fue un auténtico desastre.

–¿Qué ocurrió?

–Fue esas Navidades en que me quedé en la ciudad. Estaba empeñada en demostrar que era lo bastante madura para practicar el sexo, en contra de lo que tú habías dicho la noche que nos besamos. Odio decirlo, pero tenías razón; no lo era. Acabó antes de empezar. Yo terminé llorando y el tipo se marchó de la fiesta con otra chica.

Él volvió a alisarle el pelo, atrapando sus ojos con una mirada sensual que hizo que ella se estremeciese de deseo.

–Te deseo –dijo él–. Te deseaba entonces y te deseo ahora.

–Hazme el amor –susurró Bella rodeando su cuello con los brazos.

Él bajó la cabeza hacia su boca y la besó con sensualidad embriagadora. La espina dorsal de ella se volvió fluida como la miel al sol. Sintió su erección pulsando contra ella con urgencia y fue en su busca, moldeándolo con los dedos, deleitándose con el gruñido gutural que dejó escapar contra sus labios.

Él trasladó la boca a sus senos, sometiendo a cada uno a las caricias de su lengua antes de succionarlos. Después, causándole aún más placer, deslizó la lengua por la sensible zona inferior de cada pecho, excitando cada uno de sus nervios.

–Por favor... –gimió Bella, revolviéndose bajo él, anhelando con desesperación la posesión final.

–¿Quieres ponérmelo? –preguntó él, sacando un preservativo y entregándoselo.

Bella rasgó el paquete con los dientes, sacó el preservativo y se lo puso con cuidado, acariciándolo. Él tragó aire, la obligó a tumbarse y se situó sobre ella, soportando su peso con los brazos. Abrió sus muslos con suavidad, esperando a que lo aceptara antes de seguir. Ella, impaciente, alzó las caderas hacia él. Él con un gruñido, la penetró con una embestida profunda e intensa.

Empezó a moverse, lento al principio y acelerando el ritmo después. Bella sentía cada delicioso movimiento y la fricción obnubilaba sus sentidos. Cada diminuto músculo de su cuerpo se tensó mientras crecía la presión. Sentía cómo se perdía en una vorágine ascendente, que exigía una liberación que se escapaba de su alcance.

Él deslizó una mano bajo sus nalgas y la alzó hacia él, embistiendo con más fuerza.

–No te contengas, Bella. Déjate ir.

Su otra mano fue en busca del centro de su deseo, la diminuta y henchida perla de su clítoris, tan sensible que ella no pudo controlar un grito cuando la tormenta se desató en su cuerpo. Se aferró a él, clavó los dientes en su hombro mientras las tumultuosas olas la alzaban y lanzaban al abismo. Giró y giró, mientras estallaba en una miríada de sensaciones deliciosas.

Bella lo abrazó, sintiendo pequeños espasmos de placer mientras seguía moviéndose en su interior, buscando su propio placer. Acarició su espalda y sus hombros, notando la tensión de sus músculos cuando él dio el salto al vacío y gruñó y se estremeció, jadeando contra su cuello.

Después, escuchó el sonido de su respiración, sujetando su cuerpo relajado contra el de ella. No quería moverse. Se sentía deliciosamente laxa, como si cada músculo hubiera sido liberado. Flotaba en un mar de éxtasis, entonando con su cuerpo como nunca antes.

—No quiero moverme aún —murmuró él contra el sensible lóbulo de su oreja.

—Ni yo —dijo ella deslizando las manos sobre la firme curva de sus nalgas.

Él se recolocó sobre ella, apoyándose en un antebrazo y con la otra mano trazó la forma de sus cejas, su nariz, sus pómulos y sus labios con la ligereza de una pluma.

—Has estado increíble —dijo—. Impresionante.

Bella, sintiéndose un poco fuera de su terreno, trazó el perfil de su clavícula con un dedo.

—Nunca había sido así para mí —dijo—. Yo nunca... ya sabes...

—¿Nunca habías tenido un orgasmo durante la penetración? —preguntó él.

—No —admitió ella—. Es culpa mía, lo sé. Pienso demasiado y me preocupo por cosas. Me pongo nerviosa. Siempre siento alivio cuando se acaba.

—¿De qué cosas te preocupas? —peguntó él, acariciando su mejilla con el pulgar.

–De lo normal: mis muslos, mi tripa, mis pechos –Bella frunció los labios.

–Bella, eres preciosa. Perfecta. ¿Cómo puedes preocuparte por ese tipo de cosas? –se asombró él.

–Ya sé que suena muy superficial.

–No –corrigió él–. Denota inseguridad.

–Sí –admitió ella torciendo la boca.

–No tienes por qué sentirte insegura. Eres una de las mujeres más guapas que he conocido.

–Gracias –le ofreció una sonrisa trémula.

–Esto que hay entre nosotros... –hizo una pausa y pasó la yema del pulgar por su labio inferior–. Quiero que continúe.

–¿Durante cuánto tiempo? –a Bella le había dado un vuelco el corazón al oírlo.

Él estudió su expresión unos segundos.

–No me gusta poner tiempo a las relaciones –dijo–. ¿Por qué no esperamos a ver cómo va?

Para Bella fue como sentirse abofeteada por la realidad. Sabía cómo iría la cosa: él se divertiría y pasaría página. No prometía nada: ni sentimientos, ni amor, ni futuro; solo sexo. Desde el principio solo había pretendido impedir que se casara antes de cumplir los veinticinco años. Y no había mejor manera de distraerla temporalmente que haciéndole el amor. Pero ¿cuánto duraría una aventura entre ellos? Incluso si duraba semanas, o meses, él no iba a ofrecerle lo que más anhelaba.

–¿No te olvidas de algo? –le preguntó.

–¿No seguirás empeñada en seguir adelante con ese ridículo compromiso? –se asombró él.

–¿Por qué no iba a estarlo?

–Te estoy ofreciendo una relación –se levantó de la cama, mesándose el cabello.

–Me estás ofreciendo una aventura –dijo ella.

–Es lo único que puedo ofrecer –sus mejillas se tensaron cuando apretó los dientes.

–No es suficiente para mí –bajó las piernas de la cama y se inclinó para recoger su ropa–. No quiero vivir como mi madre, de aventura en aventura. Quiero asentarme.

–¿Cómo puedes venderte tan barata? –preguntó él, agarrándole el brazo para retenerla–. Te estás planteando una vida carente de pasión. ¿Por qué no eres capaz de verlo?

–Quiero una vida normal –Bella intentó liberarse pero no la soltó.

–¿Qué tiene de normal casarte con un hombre al que no quieres? –preguntó él.

–Sí que lo quiero –refutó ella.

–Sin embargo, acabas de hacer el amor conmigo –gruñó él.

–Solo ha sido sexo. Algo físico. No significa nada.

–¿De verdad crees eso?

Bella quería creerlo. Necesitaba creerlo.

–Nunca debería haberme acostado contigo –dijo–. Ha sido un error. No estaba pensando.

–Puede que no, pero estabas sintiendo –afirmó él tirando de ella para acercarla a su cuerpo desnudo–. Igual que ahora. ¿Sientes lo que me haces, Bella? Lo que nos hacemos el uno al otro?

Bella lo sentía y eso le provocó una oleada de calor y deseo. Sentía su erección contra el muslo. El centro de su feminidad se estremecía con anticipación, aún sensibilizada tras su apasionado encuentro anterior.

La boca de él descendió sobre la suya y un instante después estaba perdida. Sus brazos lo rodearon y lo sujetó contra ella. Deseaba meterse bajo su piel, fundirse con él para que su cuerpo no ardiera de deseo febril.

Enredó los dedos en su espeso cabello negro. Inhaló su aroma, esa erótica mezcla de virilidad matizada por el sutil perfume de ella y el olor a sexo.

Él deslizó las manos por su espalda y la apretó contra él. Bella sintió su potencia como una corriente eléctrica que recorriera su cuerpo. Todos sus sentidos clamaban por que la poseyera: era un hambre que no podía ser satisfecha de otra manera.

Lo tomó en la mano, acariciándolo, disfrutando del tacto satinado de su piel, de su longitud y dureza. Adoraba oír los sonidos, claramente viriles, que reverberaban en lo más profundo de su garganta, gruñidos guturales y primitivos. Adoraba cómo su boca devoraba la suya con pasión, cómo su barba incipiente le arañaba la piel del rostro.

Él mordisqueaba juguetonamente sus labios, tironeando y soltando, incitándola. Ella respondía con mordisquitos seguidos por caricias de su lengua.

La hizo retroceder, muslo contra muslo, hasta que ella sintió el borde de la cama tras las rodillas. Se dejó caer hacia atrás, toda piernas, brazos y deseo abrasador. Él no tardó en ponerse un preservativo y descender sobre ella, atrapándola con su peso, sin dejar de besar su boca mientras la penetraba con una vigorosa embestida que la dejó sin aliento, derritiéndose bajo él.

Impuso un ritmo rápido que le provocó escalofríos e hizo que el vello de su nuca se erizara. Ella sentía las contracciones de sus músculos internos, mientras él se convulsionaba sobre ella con pasión y urgencia.

—Me vuelves loco, ¿lo sabías? —murmuró él contra sus labios hinchados por los besos.

—Lo mismo digo —mordisqueó su labio inferior.

—¿Voy demasiado rápido para ti? —preguntó él, besándole el cuello.

–¿Puedes ir más deprisa? –ladeó la cabeza para facilitar el acceso a sus labios.

–No quiero hacerte daño –dijo él, bajando el ritmo–. Eres diminuta comparada conmigo. Me siento como si te estuviera aplastando.

–No es así –lo animó moviendo las caderas–. Yo me siento de maravilla.

Él volvió a besar su boca, larga e incitantemente. Bella se movía bajo él, tan excitada que tenía la sensación de que iba a estallar. Él interpretaba sus movimientos como si tuviera acceso directo a sus pensamientos y a sus emociones. Introdujo una mano entre sus cuerpos y encontró el botón cargado de terminaciones nerviosas que clamaban exigiendo alivio.

Ella sintió un cataclismo de sensaciones. Todo su cuerpo se estremeció como si hubiera quedado atrapada en el epicentro de un terremoto. No podía dejar de gritar y jadear mientras seguía vibrando con las últimas convulsiones del orgasmo.

Seguía gimiendo cuando él llegó al clímax. Ella sintió cada poderosa embestida mientras se vaciaba en su interior. Lo apretó contra ella, deseando prolongar la profunda conexión de sus cuerpos. Había algo profundamente conmovedor en su total pérdida de control. No sabía si se engañaba al pensar que lo que habían experimentado juntos era distinto a todo lo que había sentido con parejas anteriores. Se preguntaba si era una locura por su parte querer ser para él algo más que otra conquista sexual.

–Tienes el ceño fruncido –Edoardo se apoyó en los antebrazos mientras la miraba–. No te habré hecho daño, ¿verdad?

–No, claro que no –Bella bajó la vista.

–Sé lo que estás pensando –dijo él, alisando las arrugas de su frente con un dedo.

–¿Así que ahora sabes leer mi mente además de mi cuerpo? –lo miró con ironía.

–No te fustigues por haberte entregado a mí –dijo él tras escrutar su mirada–. Estaba escrito que tú y yo acabáramos en la cama.

–Porque querías demostrar que tenías razón.

–No intento demostrar nada –protestó él–. Solo creo que necesitas pensar tu decisión un poco más. Te da miedo tu futuro, es comprensible. Es mucha responsabilidad para alguien tan joven. Buscas a alguien que comparta esa responsabilidad, alguien fiable. Pero no quiero que cometas un error que lamentarás el resto de tu vida.

–¿Darías tu aprobación a algún hombre con el que eligiera casarme? –inquirió ella. Él sostuvo su mirada unos segundos y luego bajó de la cama.

–Será mejor que deje salir a Fergus –dijo.

–¿Qué es eso que tienes en la espalda? –preguntó Bella observándolo inclinarse para recoger sus pantalones del suelo.

–No es nada –dijo él. Sacudió los pantalones para ponérselos–. Un par de marcas de la varicela.

–Parecen muy grandes para ser de varicela –agarró la sábana, se envolvió en ella y fue hacia él. Puso una mano en su brazo–. Déjame ver.

–Déjalo, Bella –dijo él liberándose.

Bella miró su expresión inescrutable.

–¿Por qué tienes esos círculos blancos por debajo de la marca del bañador? –preguntó–. Hay por lo menos ocho o diez.

Él tardó una eternidad en contestar. Parecía estar librando una batalla interior; ella veía las sombras que oscurecían sus ojos y la tensión de su cuello. Tenía la mandíbula apretada y un músculo palpitaba en el centro de su mejilla.

—Son quemaduras —dijo.

—¿Quemaduras? —arrugó la frente—. ¿Qué tipo de quemaduras?

—Quemaduras de cigarrillo.

—¿De cigarrillo? Pero ¿cómo...? —los ojos de Bella se agrandaron con horror—. Oh, Dios mío —se llevó la mano a la boca, incapaz de hablar.

—Inteligente, ¿verdad? —dijo Edoardo con amargura—. Tenía cuidado de hacerlas donde nadie las vería. No podía ponerme los ojos morados ni hacerme cardenales visibles, no quería arriesgarse a que nadie hiciera preguntas peligrosas.

Las lágrimas anegaron los ojos de Bella. Le dolió el corazón al imaginárselo de niño, siendo quemado brutalmente. Se preguntó qué otros horrores habría soportado. Quizá esa fuera la razón por la que no hablara nunca de su pasado, porque era demasiado terrible recordarlo.

—¿Tu padrastro abusaba de ti? —le preguntó.

—Solo físicamente —apretó los labios—. Era peor con mi madre. Con ella era un auténtico bastardo. No pude hacer nada para protegerla. La desgastó hasta que ella no pudo soportarlo más. Tomó una sobredosis. Yo la encontré.

Bella tragó saliva al pensar en lo horrible que debió de ser eso para él. Encontrar a su madre muerta, la única persona en la que pensaba que podía confiar para siempre, lo había dejado solo y a cargo de un loco. Era espantoso que un niño estuviera expuesto a esa clase de violencia.

—Lo siento mucho... —parpadeó para librarse de las

lágrimas–. Tiene que haber sido horrible para ti. ¿Cómo conseguiste sobrevivir a eso?

–Ahórrate las lágrimas –dijo él con brusquedad discordante–. No necesito la compasión de nadie.

El estómago de Bella se contrajo de angustia cuando las imágenes invadieron su mente: un niño sin madre en manos de un padrastro violento; ni abuelos ni parientes a quienes pedir protección.

Nadie.

Por eso era tan autosuficiente. Desde su infancia no había podido depender de nadie. No confiaba en nadie. No necesitaba a nadie. No quería a nadie.

–¿Cómo conseguiste librarte de él?

–Las autoridades intervinieron cuando tenía diez años. Una maestra notó que parecía enfermo. Hacía una semana que no comía nada. Enviaron a un asistente social a la casa.

–Lo siento –le tembló el labio mientras intentaba controlar sus emociones.

–Eso está en el pasado. Quiero que siga allí.

–Pero ¿y la justicia? ¿Arrestaron a tu padrastro por maltrato infantil?

–Les dijo a las autoridades que era un niño difícil y que no podía controlarme. Que era un rebelde y tenía algún síndrome conductual, o algo así. Era cierto que no sabía comportarme, era incontrolable. A veces parecía un animal salvaje. Había tanta ira acumulada en mi interior que causaba problemas y caos dondequiera que iba.

–No era culpa tuya –dijo Bella–. Tenías las peores cartas de la baraja. Pero mi padre vio más allá de todo eso, vio quién eras por dentro, vio quién podías llegar a ser.

–Tu padre me salvó la vida. Iba camino a ninguna parte cuando me ofreció un hogar.

–Creo que lo ayudaste tanto como él a ti –apuntó Bella–. Hiciste que dejara de pensar en el divorcio. Antes de tu llegada estaba cayendo en una profunda depresión. Le diste una motivación. Realmente te veía como al hijo que no tuvo.

–No le conté mi pasado –Edoardo dejó escapar un suspiro–. Sé que le habría gustado que lo hiciera. Era muy paciente. Nunca me presionó, pero yo no quería recordar todo eso.

–¿Alguna vez vio las cicatrices de tu espalda? –preguntó Bella.

–No, pero otra gente sí las ha visto.

–¿Te refieres a amantes?

–Sí –empezó a ponerse la camisa–. Pero eres la primera que no se ha creído lo de la varicela –la miró a los ojos–. Supongo que no hace falta que te diga que prefiero que esto no se haga público. He dedicado años de mi vida a intentar olvidarlo.

–¿Cómo puedes pensar que haría algo así?

–No sería la primera vez que una mujer busca venganza cuando las cosas no van a su gusto.

–Tienes una opinión atroz de las mujeres.

–Es mi experiencia –encogió los hombros.

Bella se mordió el labio. No era sino una más de sus amantes. Esa noche no significaba nada especial. Su mundo se había tambaleado, pero para él no había sido más que otro encuentro sexual.

–¿Qué ocurre? –preguntó él.

–Nada –se abrazó el cuerpo.

Él se acercó y puso las manos sobre sus hombros. Bella sintió la calidez de su cuerpo en la espalda. Anhelaba inclinarse hacia atrás y entregarse al placer de estar en sus brazos. Pero ya había cruzado demasiados límites. No sabía cómo iba a volver a su vida anterior.

Su cuerpo lo desearía siempre, no era algo que pudiera controlar pulsando un botón. No sabía cómo iba a poder conformarse con otro hombre después de haber hecho el amor con él.

–En contra de lo que puedas pensar, esta noche ha sido especial –murmuró él contra su pelo. Ella giró en sus brazos y miró sus ojos azul verdosos.

–¿Lo dices en serio?

Él tomó su rostro entre las manos y lo acarició con los pulgares, haciéndole el amor con los ojos.

–¿Tienes que volver a Londres de inmediato?

–¿Qué pretendes decir? –el corazón de Bella dio un bote en su pecho.

–Quédate conmigo unos días –pidió él.

Bella pensó en lo peligroso que era aceptar. Corría el riesgo de que alguien descubriera su aventura y el de enamorarse de él. Aunque quizá ya lo estuviera. Rodeó su cuello con los brazos.

–Me quedaré –murmuró contra su boca.

Capítulo 10

HACÍA tiempo que la nieve se había derretido, pero Bella seguía retrasando su vuelta a Londres. Era consciente de que su tiempo con Edoardo tocaba a su fin. Por acuerdo tácito, ninguno de ellos mencionaba su compromiso. Bella se sentía como si la chica que iba a comprometerse con Julian Bellamy fuera otra persona, que no tenía nada que ver con ella. Era como vivir una existencia paralela. Había compartimentado su vida de forma que pudiera tenerlo todo, o al menos tener lo que quería mientras pudiera.

Y lo que quería era Edoardo.

Desde la noche que le había revelado su pasado, había empezado a verlo como el hombre sensible, fuerte y resistente que era bajo su fachada de cinismo. Era la persona mas reservada que había conocido. Odiaba el cotilleo. No tenía tiempo para conversaciones banales. Era un hombre con mucha ética de trabajo; no creía que la gente debiera recibir cosas sin esfuerzo.

Le había dado a Bella otra perspectiva de su privilegiada vida. Aunque no le gustaba admitirlo, era verdad que no había sabido valorar muchas cosas. No había pensado en los sacrificios que había hecho su padre para proporcionarle una herencia que superaba los sueños de la mayoría de la gente. Se sentía muy culpable por haber sentido resentimiento porque su padre no centrara toda su atención en ella. Edoardo le había hecho ver que su padre no trabajaba para él, sino para ofrecerle a ella un futuro seguro. Malherido tras el divorcio, había dedicado el resto de su vida a reconstruir su imperio para Bella.

Cuando la semana llegaba a su fin, Bella bajó al pueblo a comprar y la sorprendió ver a un par de reporteros con cámaras bajar de un coche cuando salía de una tienda. Bajó la cabeza y se dio la vuelta, pero segundos después los tenía al lado.

–Háblanos de tu relación con el solitario Edoardo Silveri –dijo un periodista, siguiéndola por la acera–. ¿Es cierto que estás con él en Haverton Manor, el que fue tu hogar familiar?

Bella agachó la cabeza y siguió andando. Sabía por experiencia que daba igual lo que dijera; lo retorcerían para que sonara como algo muy distinto.

–Una fuente local nos ha informado de que el señor Silveri fue un adolescente rebelde con un pasado criminal –dijo otro periodista–. ¿Te gustaría comentar cómo es tener relaciones con un chico malo que enderezó su vida?

Bella miró al reportero. No podía soportar que pintaran esa imagen de Edoardo.

–No es un chico malo –dijo–. Nunca lo fue. Es la gente que le falló e hizo daño quien es mala. Ellos son quienes deberían ser expuestos y conducidos ante la justicia.

–Se dice que el señor Silveri nunca habría salido adelante sin la considerable ayuda de su padre –dijo el primer periodista.

–Eso no es verdad –Bella se volvió hacia él–. Edoardo habría salido adelante a pesar de sus antecedentes. Es fuerte y determinado. Mi padre vio esas cualidades en él y las fomentó. Se sentiría orgulloso del hombre en el que se ha convertido. Ahora, por favor, dejadme en paz. No tengo más que decir.

Bella simuló seguir de compras hasta que, tras asegurarse de que no la seguían, condujo de vuelta a Haverton Manor. Se planteó decirle a Edoardo que había reporteros en el pueblo, pero decidió en contra. No quería estropear el tiempo que les quedaba juntos, acabaría demasiado pronto. No podía quedarse allí para siempre, aunque anhelaba hacerlo. Pero no podía conformarse con menos que un compromiso total. Si Edoardo no la amaba lo bastante para querer pasar el resto de su vida con ella, tendría que irse, aunque le rompiera el corazón dejarlo.

Bella solo llevaba media hora de vuelta en la casa cuando recibió otra llamada de su madre. La contestó mientras cambiaba las sábanas de la cama de Edoardo.

—Mamá —sujetó el teléfono con la mejilla y el hombro—. Me preguntaba cuándo ibas a llamar.

—Ya, bueno, he estado ocupada solucionando el follón de José —dijo Claudia—. Hablando de facturas, ¿podrías prestarme dos mil más?

—¿Prestarte?

—No uses ese tono conmigo, jovencita —dijo Claudia—. Sigo siento tu madre.

—Siempre recurres a mí para solucionar tus problemas financieros. Papá te dio una compensación desorbitada tras el divorcio. ¿Qué has hecho con todo el dinero?

—Oh, vaya, hay que oírte —canturreó Claudia—. Menuda eres tú para criticar. No has tenido que trabajar en toda tu vida.

—Lo sé —dijo Bella—. Pero ahora voy a hacerlo. En

cuanto reciba mi herencia voy a crear un fondo fiduciario para un orfanato. Hasta entonces, voy a buscar trabajo como voluntaria. Quiero marcar la diferencia en la vida de un niño, como hizo papá con Edoardo.

–El experimento de tu padre fue todo un fracaso, ¿no crees? –dijo Claudia.

–Ni siquiera voy a preguntarte lo que quieres decir con eso –replicó Bella.

–Pasé por tu casa de Chelsea y las chicas me dijeron que no estabas –dijo Claudia–. No me digas que sigues con Edoardo.

–Vuelvo el sábado –dijo Bella–. Voy a recoger a Julian al aeropuerto.

–¿Qué va a pensar cuando se entere de que has pasado más de una semana con otro hombre?

–Mamá, no voy a seguir adelante con el compromiso. Quiero hablar con Julian en persona. No me parece justo hacerlo por teléfono –Bella se apartó de la cama, como si así pudiera distanciarse de sus contradictorios sentimientos.

–Ese bruto se ha metido bajo tu piel, ¿no? –rezongó con desdén–. Sabía que lo haría. Ya te dije que te quiere por tu pedigrí. Nada más.

–Edoardo no es ningún bruto –Bella apretó el auricular–. Es un hombre amable y cariñoso. No lo conoces. No es en absoluto como tú piensas.

–Te has estado acostando con él, ¿verdad?

–Mamá, no quiero hablar de esto contigo.

–Solo te quiere por tu dinero –dijo Claudia–. Por eso no te permite darme más. Lo quiere todo para él.

–Eso no es verdad –Bella saltó en su defensa con toda la emoción que llevaba mucho tiempo conteniendo. Surgió de ella a borbotones–. No se ha ofrecido a casarse conmigo. No se casará con nadie. Es por su pasado. Sufrió muchísimo de niño. No tienes ni idea de su vida. Es la persona más impresionante que conozco. No permitiré que tú ni nadie diga cosas tan horribles de él.

–Eres una tonta –dijo Claudia–. Supongo que te crees enamorada de él, ¿no?

Bella miró por la ventana y vio a Edoardo que volvía de dar un paseo con Fergus. Él alzó la vista y sonrió, saludándola con la mano. Ella le devolvió el saludo con el corazón henchido de felicidad.

–Creo que siempre lo he querido –dijo, pero su madre ya había puesto fin a la llamada.

Edoardo estaba limpiando los últimos restos de nieve del camino de entrada cuando Bella salió. Llevaba un gorro de lana con pompones y manoplas; estaba tan adorable que se sintió como si alguien le estrujara el corazón. Escrutó su rostro y dejó la pala a un lado para agarrarle las manos.

–¿Por qué esa cara tan larga? –preguntó.

–No es nada –soltó el aire y una nube de vaho se formó ante su boca.

–Eh –alzó su barbilla–. Sonreías cuando te saludé con la mano, hace un rato. ¿Qué ha pasado?

–He hablado con mi madre.

–¿Y?

–Le dije que no voy a respaldarla más –dejó caer los hombros–. No le gustó oírlo. Me colgó.

–Hiciste lo correcto –Edoardo la atrajo hacia él–. Llevas demasiado tiempo ejerciendo el papel parental en esa relación.

–También le dije que no voy a seguir adelante con el compromiso –alzó hacia él sus grandes ojos marrones–. El sábado volveré a Londres para hablar con Julian.

–Entiendo –dijo él tras un breve silencio.

–Creo que tienes razón –se humedeció los labios con la lengua–. Necesito más tiempo para pensar en mi futuro –hizo una pausa, sin dejar de mirarlo–. Y tenías razón en otra cosa. No estoy enamorada de él. Creo que nunca lo estuve.

–¿Qué te ha hecho darte cuenta por fin?

–Imagino que por fin he madurado un poco –dijo ella–. He tardado lo mío, ¿no crees?

Él vio algo en sus ojos que hizo que se le encogiera el corazón. Se alejó de ella un par de pasos, mesándose el cabello.

–No quiero que te hagas una idea equivocada, Bella. Te dije lo que estaba dispuesto a ofrecer. Podemos seguir con nuestra aventura, pero nunca llegará a ser más que eso.

–Podríamos tener un gran futuro juntos –lo miró con tanto anhelo que él sintió una opresión dolorosa en el corazón.

–Tu padre confió en que te mantendría a salvo –dijo Edoardo–. No quería que desperdiciaras tu vida por un impulso. Ahora mismo estás haciendo justo lo que lo preocupaba. Hace diez días estabas empeñada en casarte con ese Bellamy, y ahora de repente me quieres a mí. ¿Quién será el elegido la próxima semana, o el mes que viene?

–No he desarrollado sentimientos por ti de repente –alegó ella–. No son sentimientos nuevos, creo que han estado ahí siempre. Sigo intentando hacerme a la idea. Necesito tiempo para pensar. Estos últimos días han sido maravillosos, pero no estoy segura de poder conformarme con una aventura. Quiero el cuento de hadas completo.

Edoardo dejó escapar un largo suspiro, la acercó a su cuerpo y apoyó su cabeza en la suya.

–No quiero hacerte daño, Bella –dijo–. Pero no puedo hacer ese tipo de promesas –inhaló el aroma de su cabello y sintió como su cuerpo se fundía contra el de él. Nunca había deseado a nadie tanto como a ella. Había creído que el deseo remitiría, pero se había intensificado. Aun así, comprometerse con ella, o con cualquier otra persona, iba más allá de sus capacidades. No se veía otorgando a alguien, ni siquiera a alguien tan adorable como Bella, el poder de abandonarlo.

Él era quien se iba cuando llegaba el momento.

Él era quien guardaba sus sentimientos bajo llave para que nadie se aprovechara de ellos.

Él era quien no amaba nunca.

El encaprichamiento de Bella con él acabaría pronto. Estaba seguro. Llevaba enamorándose y desenamorándose desde que empezó la adolescencia. Su pequeña aventura acabaría y ella volvería a Londres y a su vida de alta sociedad.

Al menos así ella nunca sabría cuánto iba a echarla de menos cuando se marchara.

Edoardo se levantó temprano la mañana siguiente y bajó a su despacho. No había dormido mucho, pero tampoco Bella. Hacerle el amor por la noche, sabiendo que se marcharía en veinticuatro horas, lo había trastornado, a pesar de que estaba resignado a que su relación no pudiera ir a más. Estaba acostumbrado a distanciarse cuando las relaciones llegaban a su fin. Nunca sufría la agonía del remordimiento o el dolor; cortaba los vínculos y seguía con su vida. No tenía por qué ser distinto esa vez. Sin embargo la forma en que Bella se había acurrucado en sus brazos y apoyado la cabeza en su pecho lo había desmadejado. Cada vez que inspiraba sentía que le faltaba el aire.

Durante las largas horas previas al amanecer, se había descubierto soñando con un futuro con ella, viviendo en Haverton Manor como marido y mujer. En su risa feliz llenando las habitaciones y pasillos de la mansión. Incluso había pensado en risas infantiles, las de sus hijos, resonando por la casa y convirtiéndola en el hogar que debía ser.

Intentaba desechar esos pensamientos, pero volvían como polillas revoloteando hacia la luz.

Podía tenerlo todo.

Podía tener a Bella y también Haverton Manor.

Podían formar una familia juntos, crear un futuro sólido y feliz.

Pero ella podría dejarlo como su madre había dejado a Godfrey: devastado, solo y deprimido.

Lo atenazó el viejo pánico. ¿Cuánto tiempo tardaría Bella en desear las luces brillantes de la ciudad en vez de su compañía? ¿Cuánto tardaría en perder su interés por él? ¿Una semana, un mes, un año? ¿Soportaría él vivir al filo de la navaja? Cada día sería una agonía por miedo a que fuera el último. Estaba acostumbrado a las decepciones. Y había aprendido que era más fácil no tener nada que tenerlo todo y perderlo.

Entonces, una idea aún más perturbadora se unió a las otras. ¿Y si ella no lo quería? ¿Y si su aventura con él no había sido más que una venganza? Desde el primer momento le había dejado clara su furia por que hubiera heredado el que había sido su hogar de infancia. No había mejor venganza que simular estar enamorada de él para luego abandonarlo y dejar que la prensa lo compadeciera o lo pusiera en la picota a su antojo.

Encendió el ordenador para distraerse, pero cuando empezó a leer las noticias de un periódico digital, sus ojos se estrecharon con ira. Por lo visto no iba a tener que esperar con angustia la traición de Bella.

Ya estaba impresa y a la vista del mundo.

Bella bajó la escalera tras dormir hasta las diez de la mañana. Edoardo la había tenido despierta durante horas, haciéndole el amor de forma apasionada. Aún sentía el movimiento de su cuerpo dentro de ella con cada paso que daba. Se preguntaba si él se sentía tan mal como ella respecto a su vuelta a Londres el día siguiente. Tal vez esa fuera la razón de la desesperación con la que le había hecho el amor la noche anterior. La había abrazado durante horas, como si no quisiera dejarla marchar nunca. Ella había anhelado que dijera las palabras que quería oír, pero él había callado. Tenía la esperanza de que su viaje a Londres le demostrara cuánto había llegado a significar para él. Sin duda, notaría el vacío que suponía su ausencia en sus días y noches.

Era un hombre orgulloso y reservado. Tardaría un tiempo en darse cuenta de lo que estaba desperdiciando, y aún más en admitirlo. Pero tras la última noche una llamita de esperanza se había encendido en su interior. Se había sentido como si la amara. No había dicho las palabras en voz alta, pero su cuerpo las había dicho por él. Solo necesitaba tiempo para reconciliarse con sus sentimientos. Estaba acostumbrado a encerrarlos bajo llave y a negarlos. Pero ¿cuánto tiempo podría negar el poderoso vínculo que había entre ellos? No era solo cuestión de sexo, era una conexión mucho más profunda. Se sentía más cerca de él que de nadie. Él le había dado acceso a la parte más privada de sí mismo. Por fin conocía sus valores, fortalezas y debilidades, su auténtico ser.

Bella abrió la puerta del despacho y lo encontró de pie ante la ventana. Parecía tenso y rígido.

–¿Edoardo? –llamó.

Él se dio la vuelta y la miró de pies a cabeza. Era una mirada cargada de amenaza.

–He hablado con el abogado –dijo con voz fría y dura, muy distinta del ronroneo profundo y sexy que había oído durante la noche y la madrugada.

–¿Disculpa?

–Eres libre –empujó hacia ella unos papeles que había en el escritorio–. Ya no estoy a cargo de tus finanzas.

–¿De qué estas hablando? –Bella tragó saliva y dio un paso inseguro hacia él–. ¿Qué quieres decir? No entiendo...

–Quiero que estés fuera de aquí en una hora –sus ojos eran como esquirlas de hielo azul verdoso–. No te molestes en hacer el equipaje. Le pediré a la señora Baker que se ocupe de eso y de empaquetar lo que hay en el cuarto infantil. No quiero que quede nada tuyo en esta casa.

–Edoardo. ¿Qué estas diciendo?

–Era un buen plan –los puños cerrados colgaban a sus costados–. Y muy convincente. No mucha gente ha conseguido engañarme, pero tengo que admitir que tú te has acercado mucho.

–¿Qué plan? –Bella sintió en escalofrío helado en la espalda–. No te sigo. Lo que dices no tiene ningún sentido. ¿Por qué te portas así de repente?

–Esto es lo que has hecho –giró la pantalla del ordenador para que pudiera verla–. Lo planeaste desde el principio, ¿verdad? Era la venganza perfecta. Me cuesta creer cómo me engañaste.

Bella miró la pantalla del ordenador, en la que aparecía una selección de periódicos digitales. Los titulares hicieron que se le parara el corazón: *El trágico pasado del magnate sale a la luz. El chico malo fue víctima de malos tratos. Aventura con heredera cura su corazón herido.* Había una fotografía de Edoardo besándola ante Haverton Manor. Era de hacía solo dos días, obviamente sacada con teleobjetivo, porque Bella no recordaba haber visto a nadie por allí. Entonces se acordó de los reporteros que había visto en el pueblo y se preguntó si habían estado espiándolos e investigando el pasado de él.

–¿Crees que yo soy culpable de esto? –le preguntó desconcertada y atónita.

–No me mires con esos ojos de gacela inocente –masculló él–. Sal de aquí antes de que te eche.

–Yo no he hecho esto –protestó Bella–. ¿Cómo puedes pensar que haría algo así? ¿Es que no me conoces ni lo más mínimo?

–Eres la única persona que podría hacerlo –sus ojos destellaron con odio–. No le he hablado a nadie de mi pasado. Ni a un alma. Y ahora todo el maldito mundo lo conoce, gracias a ti. Sabía que no debía confiar en ti. Siempre has sido una víbora. Querías vengarte porque no accedí a tu compromiso. Bueno, pues ya puedes casarte con quien quieras. Me da igual.

–Es increíble que pienses que he hecho esto a propósito –Bella se estremecía de incredulidad y dolor–. Ayer, cuando fui a comprar leche había reporteros en el pueblo. No te lo dije porque...

–Porque los habías atraído aquí ofreciéndoles una exclusiva, ¿no? –rugió él–. ¿Qué creías que iba a conseguir ese último titular? ¿Acaso que me arrodillara ante ti y te pidiera matrimonio?

Bella releyó el titular: *Aventura con heredera cura su corazón herido*. Tragó saliva y lo miró.

–No les dije nada de... –se sonrojó y bajó la vista–. Puede que le mencionara algo a mi madre.

–¿Así que lo cocinasteis entre las dos? –soltó una maldición–. Debería haberlo adivinado. Por eso vino antes que tú, para examinar el terreno.

–No fue así. No lo hice a propósito –gimió Bella–. Solo mencioné que tu infancia había sido terrible. Estaba hablando mal de ti y pensé...

–Pensaste destrozar con un cotilleo lo que tanto me ha costado conseguir –dijo él con amargura.

–¿Por qué va a destrozar nada que la gente conozca tu pasado? –preguntó Bella–. No tienes nada de lo que avergonzarte. Te admirarán por tu coraje. Sé que lo harán.

–No espero que lo entiendas –sus ojos brillaron con desprecio–. Adoras la atención y ser noticia. No podrías haber elegido mejor venganza: valoro mi privacidad por encima de todo y tú lo sabías –torció la boca–. Tanto hablar de amor y de querer el cuento de hadas completo: basura. No amas a nadie excepto a ti misma. Nunca lo has hecho.

Bella luchaba por no derrumbarse. Solo el orgullo se lo impedía. La devastaba que la creyera capaz de un comportamiento tan odioso. Pero lo que más le dolía era que la estaba echando, rechazándola. La despachaba como si no hubiera sido más que una diversión temporal para él, un juguete bonito que no había cumplido sus expectativas. Si sintiera algo por ella, intentaría entender lo ocurrido. Comprendería que su extroversión no era mala, solo distinta de su necesidad de privacidad.

–Supongo que se acabó todo –cuadró los hombros–. Me pondré en marcha.

–No quiero volver a verte –dijo él–. ¿Me entiendes? Nunca.

–No te preocupes –replicó, yendo hacia la puerta–. No me verás.

Capítulo 11

EL ESCÁNDALO en la prensa tardó semanas en
diluirse. Todos aquellos que habían tenido algo
que ver con Edoardo durante su infancia se pres-
taron a ofrecer una exclusiva. Lo peor fue que, aunque
su padrastro había fallecido, su nueva mujer y la familia de esta saltó en su defensa como si hubiera sido un
santo. Sin duda, tras asegurarse de que no se podía pro-
cesar a un muerto, habían decidido sacar provecho con-
virtiéndolo en víctima de una campaña difamatoria.

Bella se sentía asqueada cada vez que veía un nuevo
artículo. Se sentía culpable, a pesar de que solo había
intentado que su madre entendiera lo difícil que había sido la infancia de Edoardo.

Su madre, sin embargo, no se arrepentía. Bella había tenido la esperanza de que Claudia se pusiera en
contacto con Edoardo para pedirle disculpas, pero parecía disfrutar de que su trágico pasado estuviera en
boca de todo el mundo.

Bella se había planteado llamarlo y explicarle que
había sido su madre quien había ofrecido una entrevista a la prensa, pero sabía que no la creería. No confiaba en ella. No confiaba en nadie.

El abogado se había puesto en contacto con ella
para decirle que tenía el control de sus finanzas. Había
sido una victoria agridulce. Tenía más dinero del que
podía gastar.

Y se sentía terrible y desgarradoramente sola.

Las noches eran lo peor. Sus amigos intentaban que saliera con ellos de fiesta o a cenar, pero prefería quedarse en casa, tirada en el sofá, viendo cualquier cosa en la televisión. A veces ni siquiera tenía energía para encenderla; se quedaba mirando al vacío, preguntándose cómo alguien con tanto dinero podía sentirse tan triste e infeliz.

Julian había aceptado sin aspavientos la ruptura de su relación, lo que le confirmó que la decisión de ponerle fin era la correcta. Parecía preocuparle más el que siguiera donando una gran suma a su misión. Si la hubiera querido de verdad, ¿no habría luchado un poco por ella?

Lo cierto era que Edoardo tampoco había luchado. Ni siquiera le había concedido el beneficio de la duda. La había expulsado de su vida como si no significara nada para él.

Bella resopló y tiró un cojín al suelo. No tenía sentido pensar en Edoardo. La semana siguiente estaría en el otro extremo del mundo, había organizado un viaje a Tailandia para visitar el orfanato que la enorgullecía haber financiado. Por el momento, había conseguido ocultárselo a la prensa. Estaba deseando alejarse y dejar atrás ese horrible episodio de su vida.

Edoardo estaba estudiando los planos de un gran proyecto en el que trabajaba, cuando la señora Baker entró a llevarle un café. Tenía un principio de migraña, la tercera de esa semana. Era como si le estuvieran clavando alfileres en los ojos.

–Gracias –dijo, sin apenas mirarla. La señora Baker cruzó los labios sobre el pecho y apretó los labios–. ¿Hay algún problema? –preguntó.

–¿Has visto los periódicos de hoy?

–Hace semanas que no los miro –dijo él, sin levantar la vista de los planos que tenía delante–. No hay nada en ellos que me interese.

–Creo que deberías ver esto –la señora Baker sacó un periódico doblado del bolsillo de su delantal y se lo dio–. Es sobre nuestra Bella.

–Llévatelo –dijo Edoardo sin tocarlo–. No me interesan sus andanzas. Ya no son asunto mío.

La señora Baker desdobló el periódico y empezó a leer en voz alta:

Se comenta que la patrocinadora anónima de un orfanato en Tailandia, sobre la que tanto se había especulado, es la rica heredera Arabella Haverton. Por lo visto, ya ha destinado miles de libras a comida, ropa y alimentos para los niños. Ayer, mientras embarcaba en un vuelo a Bangkok, se negó a confirmar o negar el rumor.

–Bueno, ¿qué opinas? –la señora Baker bajó el periódico y lo miró con ojos brillantes.

–Bien por ella –se recostó en la silla e hizo girar un bolígrafo entre índice y pulgar.

–¿Eso es todo lo que tienes que decir? –la señora Baker arrugó la frente.

–¿Qué quieres que diga? –dejó el bolígrafo en la mesa–. Me da igual en qué gaste su dinero. Como he dicho, ya no es asunto mío.

–¿Y si le pasa algo mientras está allí? –el ama de llaves se hinchó como una gallina clueca–. Hay enfermedades tropicales muy peligrosas.

–Allí también hay médicos –con expresión aburrida, volvió a sus documentos.

–¿Y si decide quedarse allí? –se le cascó la voz– ¿Y si no vuelve nunca?

–¿Por qué iba a preocuparme eso? –Edoardo tomó aire y la miró fijamente–. Me alegro de haber dejado de verla –«Mentiroso», pensó. «La echas tanto de menos que te sientes enfermo».

–No es cierto –dijo la señora Baker, expresando sus pensamientos en voz alta–. Eres infeliz. Pareces un oso con dolor de cabeza. No eres el mismo desde que estuvo aquí contigo. Hasta Fergus ha dejado de comer.

Edoardo levantó el bolígrafo de nuevo y empezó a juguetear con él para ocupar las manos. No estaba seguro de que le gustara ser tan transparente. Si se descuidaba, sería el hazmerreír de la prensa porque el fracaso de su relación con Bella lo había destrozado. Esa sería la gota que colmaría el vaso. Nadie iba a pintarlo como un pobre tonto enamorado si podía evitarlo.

–Eso es porque Fergus es viejo –dijo.

–Sí, bueno, algún día tú también lo serás –dijo la señora Baker–. ¿Y qué tendrás en la vida? Una buena casa y más dinero del que necesitas, pero nadie que te seque la frente cuando tienes uno de tus dolores de cabeza, nadie que te sonría y te diga que te quiere más que a la vida. Hasta un ciego sabría que Bella no es capaz de contarle su vida a la prensa. Es abierta con la gente, y eso la hace adorable porque entrega su corazón. No, esa filtración a la prensa fue cosa de su madre –dejó el periódico en el escritorio de golpe–. En la página veinte puedes leer la entrevista exclusiva a Claudia Álvarez sobre las obras de caridad de su hija.

Edoardo frunció el ceño. Ya había considerado la posibilidad de que Bella no fuera responsable de la filtración. Sabía cómo eran los reporteros. Y, sí, la señora

Baker tenía razón; Bella era como un libro abierto en lo relativo a sus sentimientos.

Pero eso no cambiaba nada.

No quería exponerse al dolor de amar a alguien, y menos a alguien como Bella. Era cambiante e impulsiva. Imposible saber cuánto tardaría en enamorarse de otro. Volvería a sentirse abandonado de nuevo. No podría soportar la horrible sensación de no tener a nadie en absoluto.

Estaba bien solo. Estaba acostumbrado a ello.

Y volvería a acostumbrarse.

Era cierto que se había sentido tristemente solo allí sin ella. La casa le parecía demasiado grande, tenía la impresión de que las habitaciones vacías se burlaban de él. Apenas soportaba estar en su dormitorio, porque atisbos del perfume de Bella lo perseguían. Sus pasos solitarios resonaban en los largos pasillos que le parecían más fríos que nunca. Incluso Fergus parecía mirarlo con tristeza, recordándole que el color y la alegría de su vida se habían ido. Él había hecho que se fueran. Había echado a Bella cuando lo que más deseaba era tenerla a su lado.

—¿No tienes trabajo que hacer? —le preguntó al ama de llaves.

—Esa chica te quiere —la señora Baker frunció los labios—. Y tú la quieres a ella, pero eres demasiado testarudo para decírselo. Hasta eres demasiado cabezota para admitirlo tú mismo.

—¿Has terminado ya? —arqueó una ceja.

—Seguramente se duerme llorando todas las noches —insistió ella—. Su padre debe de estar revolcándose en su tumba, estoy segura. Pensó que la tratarías de forma honorable. Pero la has abandonado cuando más te necesitaba.

–No quiero escuchar esto –dijo él, apartándola silla y levantándose. «Sé que he sido un estúpido. No necesito que mi ama de llaves me lo diga. Necesito tiempo para pensar cómo salir de esta y reconquistar a Bella. ¿Será posible reconquistarla? ¿No será ya demasiado tarde?

–Este es su hogar –los ojos de la señora Baker se llenaron de lágrimas–. Este es su sitio.

–Lo sé –dijo él–. Por eso voy a enviarle las escrituras. Los abogados están ocupándose de los papeles mientras hablamos.

–¿Vas a dejar de vivir aquí? –la señora Baker abrió los ojos de par en par.

–Sí –renunciar a Haverton Manor era lo fácil. Perder a Bella era lo que más le dolía. No sabía en qué había estado pensando. ¿Cómo sería el resto de su vida si ella se casaba con otro? ¿Si tenía hijos de otro en vez de suyos? No sabía si podría soportarlo. La deseaba. La amaba. La adoraba. Era su mundo, su futuro, su corazón. Pero era demasiado tarde. Le había hecho mucho daño y ella nunca lo perdonaría. No se atrevía a pensar lo contrario; no quería otra decepción. Lo mejor era apartarse de su camino y dejar que siguiera con su vida. En realidad nunca había sido parte de ella.

–Pero ¿y Fergus? –preguntó la señora Baker.

–Bella puede cuidarlo. Al fin y al cabo, era el perro de su padre.

–Pero ese viejo perro te quiere. ¿Cómo puedes irte y dejarlo, sin más?

–Es lo mejor –dijo él con expresión sombría.

Bella pasó los primeros días en el orfanato en estado de shock cultural. Apenas comía o dormía. No porque los niños no estuvieran bien cuidados, sino porque no podía hacerse a la idea de que los bebés y los niños con los que jugaba a diario no tenían a nadie en la vida, salvo a los trabajadores del orfanato. La mayoría de las noches se dormía sollozando por su triste situación. Cada día, del amanecer hasta entrada la noche, los abrazaba e intentaba proporcionarles el amor y la alegría que se habían perdido. Les leía y jugaba con ellos; incluso les cantaba las pocas nanas que recordaba de su infancia, antes de que su madre se fuera.

–Te agotarás si no descansas de vez en cuando –le dijo Tanasee, una trabajadora experimentada, en su segunda semana de estancia allí.

–No quiero acostar a Lawan hasta que se duerma –besó la cabecita de la nena de ocho semanas que acunaba contra el pecho–. Llora si no está en brazos de alguien. Debe de echar de menos a su madre, percibe que no volverá nunca. «Yo sé lo que es sentirse tan sola y abandonada», pensó.

–Es triste que sus padres fallecieran –Tanasee acarició la mejilla de la nena–. Pero una pareja va a adoptarla. El papeleo está en marcha. Tendrá una buena vida. Es más fácil para los bebés; no recuerdan a sus auténticos padres. Son los mayores quienes tienen más problemas para adaptarse.

Bella miró a un grupo de niños que jugaban. Había un niño de unos cinco años apartado del grupo. No tomaba parte en el ruidoso juego ni interactuaba con nadie. Solo estaba allí de pie, observando con cara seria. Le recordaba a Edoardo. Tenía que haberlo asustado mucho sentirse tan solo y enfrentarse a diario a la crueldad de su padrastro. Bella lloraba por el niño que había sido y por el futuro que tanto deseaba con él y no podría tener nunca. Decidió hacer cuanto pudiera por cada uno de esos niños, para que no sufrieran lo que había sufrido él.

–¿Señorita Haverton? –Sumalee, otra de las trabajadoras, se acercó a Bella, que acababa de acostar a Lawan–. Le ha llegado esto en el correo.

–Gracias –Bella aceptó el sobre–. Lo abrió y sacó el documento que contenía. Casi se le saltaron los ojos de las órbitas cuando vio lo que era–. Esto tiene que ser un error...

–¿Qué ocurre? –preguntó Sumalee.

Bella se mordisqueó el labio mientras hojeaba los papeles que acompañaban a la escritura de Haverton Manor.

–Creo que tendré que volver a Inglaterra para resolver esto...

–¿Regresará pronto? –preguntó Sumalee.

–No te preocupes. Volveré en cuanto pueda –Bella sonrió a la joven y guardó el documento en el sobre –dijo–. Tengo que hablar con un hombre respecto a un perro.

Edoardo estaba cargando sus últimas cosas en el coche cuando vio un coche deportivo acercarse por el camino. Fergus se levantó y empezó a mover el rabo, gimiendo suavemente.

–Por Dios, no babees –lo recriminó Edoardo–. Seguramente solo viene a discutir la letra pequeña.

Bella bajó del coche y fue hacia él, llevándole el aroma de flores primaverales.

–¿Qué diablos es esto? –preguntó, agitando unos papeles en el aire.

–Es tuyo –dijo Edoardo–. La hacienda es tuya, y también Fergus.

–¿Es que careces por completo de sentimientos? Ese perro te quiere –frunció el ceño y agitó las manos de forma teatral–. ¿Cómo puedes cederlo como un paquete que no te interesa?

–No puedo llevarlo conmigo.

–¿Por qué no? ¿Adónde vas?

–Lejos.

–Lejos, ¿adónde?

–Este no es mi sitio –cerró el maletero–. Es tu hogar, no el mío.

–No lo quiero –dijo, dándole los papeles.

–Yo tampoco –repuso él, rechazándolos.

–¿Por qué haces esto?

–Tu padre hizo mal dándome tu hogar. Este es tu último vínculo con él. No me parece bien quitártelo.

–También es tu último vínculo con él.

–Sí, bueno –encogió los hombros–. Tengo muchos recuerdos que compensarán eso.

–No puedes irte así –insistió Bella–. ¿Y Fergus? Pensaba que lo querías.

–Y lo quiero. Ha sido un gran amigo –Edoardo se agachó y rascó las orejas del viejo perro–. Pero es hora de que siga mi camino –se enderezó.

–Entonces, ¿te vas a ir sin más?

–Es lo mejor, Bella.

–¿Lo mejor para quién? –preguntó ella–. Fergus suspirará por ti; lo sabes. ¿Y qué me dices de la señora Baker? Ha dedicado su vida a cuidar de ti. ¿Vas a alejarte de todos los que te quieren?

–Adiós, Bella –abrió la puerta del coche.

–No vas a decirlo, ¿verdad? –Bella se puso las manos en las caderas–. Eres demasiado orgulloso o cabezota, o las dos cosas, para admitir que alguien te importa. Que necesitas a alguien, que, de hecho, quieres a alguien.

–¿Decirte que te quiero serviría para borrar las cosas horribles que te dije? –preguntó él.

–No lo sé –alzó un hombro con enfado–. No haría ningún daño probar.

Edoardo esbozó media sonrisa. Estaba adorable con esa expresión altiva en la cara. Intentaba estar enfadada, pero veía su amor brillar a través de las grietas de su coraza. Eso le dio esperanza. Suavizó su miedo al dolor de la decepción.

–¿Decirte que te quiero te haría perdonarme por echarte de aquí como te eché?

Ella volvió a encoger un hombro, pero esa vez una chispa diminuta iluminó sus ojos.

–No me molesta que me supliquen un poco, cuando está justificado –dijo.

Edoardo miró sus ojos marrón caramelo y sintió una oleada de emoción. ¿Cómo podía no quererla? Siempre la había querido.

–Entonces, más vale que empiece, esto podría alargarse un rato. No tienes prisa, ¿verdad?

–Haré tiempo –sus ojos chispearon con más fuerza–. No me lo perdería por nada del mundo.

–Siento lo que te dije, cómo te traté y cómo te aparté de mí –capturó sus manos, la atrajo hasta su pecho y apoyó la cabeza junto a su cuello–. No soy la persona adecuada para ti. No sé cómo amar a alguien sin reservas.

–Sí que sabes –se echó atrás y lo miró con adoración–. Sabes amar. Eres igual que mi padre. No expresas tu amor con palabras, lo expresas con acciones.

–Te he echado muchísimo de menos –acarició su

rostro como si le costara creer que estaba allí–. No sé cómo pude echarte así. Fue cruel y despiadado. Si te sirve de consuelo, me dolió tanto como a ti. Tal vez por eso lo hice, porque en el fondo no me creía digno de tu amor.

–Yo no te traicioné a la prensa –dijo ella con expresión solemne–. Al menos intencionadamente. Me enojaba que todos hablaran de ti como si fueras culpable. Quería ponerles en su lugar.

–Sé que no lo hiciste a propósito. Creo que lo supe desde el principio, pero buscaba una excusa para echarte. Te habías acercado demasiado a mí y no podía manejarlo. He pasado casi toda mi vida apartando a la gente, incluso a la que me quería.

–Te quiero –Bella se acurrucó contra él–. Creo que seguramente siempre te he querido.

–Creo que tu padre lo sabía –la alejó un poco para mirarla a los ojos–. Tenía miedo de que te casaras con el primer hombre que te lo pidiera. Me hizo prometerle que impediría que te casaras antes de cumplir los veinticinco años. Pero me temo que voy a tener que romper la promesa que le hice.

–¿Qué quieres decir? –lo miró interrogante.

–¿Quieres casarte conmigo?

Bella lo miró boquiabierta.

–Pero pensé que tú nunca...

–Eso era antes –dijo él–. He comprendido mi error. Además, ¿qué iba a decirle si no a la señora Baker? Me cortará el pescuezo si no me porto de forma honorable contigo.

–No podemos disgustar a la señora Baker, eso está claro –se abrazó a su cuello y sonrió.

–¿Eso es un sí?

–¿Cuándo he sido yo capaz de darte un no por respuesta? –alzó hacia él los ojos, llenos de lágrimas de felicidad.

–Te amo –dijo él, tomando su rostro entre las manos–. Nunca se lo he dicho a nadie antes, pero pienso decírtelo a diario el resto de nuestras vidas.

–Yo también te amo –dijo ella con una sonrisa radiante.

–Quiero tener un bebé contigo –frotó la nariz contra la suya–. Puede que incluso dos. Y después podríamos adoptar un par de hijos más.

–Yo también quiero eso –dijo ella con un suspiro de felicidad–. Lo deseo muchísimo.

–Entonces, más vale que nos pongamos manos a la obra, ¿no crees? –dijo él.

–¿Qué? –ella simuló escandalizarse–. ¿Ahora mismo?

–Sí, ahora mismo –la levantó en brazos y puso rumbo hacia la casa.

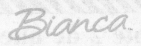

Aquel magnate tenía una norma innegociable

A Daisy Connolly, la combinación irresistible de una fiesta nupcial, champán y la química con Alex Antonides la había llevado a pasar un increíble fin de semana con él en la cama de consecuencias inolvidables. Hacía tiempo que aquel griego tan sexy se había ido y le había roto el corazón.

Así que, cuando el despiadado Alex volvió a aparecer en su vida, Daisy decidió alejarse para no sufrir. Tenía que hacerlo porque tenía un hijo de cinco años del que no quería que supiera nada. Pero el heredero Antonides no podía permanecer oculto para siempre.

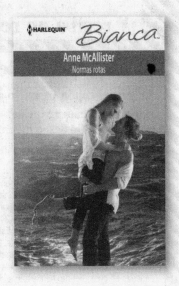

Normas rotas

Anne McAllister

¡YA EN TU PUNTO DE VENTA!

Acepte 2 de nuestras mejores novelas de amor GRATIS

¡Y reciba un regalo sorpresa!

Oferta especial de tiempo limitado

Rellene el cupón y envíelo a

Harlequin Reader Service®
3010 Walden Ave.
P.O. Box 1867
Buffalo, N.Y. 14240-1867

¡Sí! Por favor, envíenme 2 novelas de amor de Harlequin (1 Bianca® y 1 Deseo®) gratis, más el regalo sorpresa. Luego remítanme 4 novelas nuevas todos los meses, las cuales recibiré mucho antes de que aparezcan en librerías, y factúrenme al bajo precio de $3,24 cada una, más $0,25 por envío e impuesto de ventas, si corresponde*. Este es el precio total, y es un ahorro de casi el 20% sobre el precio de portada. !Una oferta excelente! Entiendo que el hecho de aceptar estos libros y el regalo no me obliga en forma alguna a la compra de libros adicionales. Y también que puedo devolver cualquier envío y cancelar en cualquier momento. Aún si decido no comprar ningún otro libro de Harlequin, los 2 libros gratis y el regalo sorpresa son míos para siempre.

416 LBN DU7N

Nombre y apellido	(Por favor, letra de molde)

Dirección	Apartamento No.

Ciudad	Estado	Zona postal

Esta oferta se limita a un pedido por hogar y no está disponible para los subscriptores actuales de Deseo® y Bianca®.
*Los términos y precios quedan sujetos a cambios sin aviso previo.
Impuestos de ventas aplican en N.Y.

SPN-03   ©2003 Harlequin Enterprises Limited

Deseo

En el lugar de su hermano

ELIZABETH LANE

Durante tres años, Angie Montoya había ocultado a su hijo a la familia de su difunto prometido... hasta que el hermano de este, Jordan Cooper, los encontró y exigió que se mudasen al rancho familiar en Santa Fe.

Abrumado por el sentimiento de culpa desde la muerte de su hermano mellizo, Jordan buscaba redimirse criando a su sobrino, pero Angie hacía renacer en él un deseo que solo ella podía satisfacer.

Jordan sabía que solo había una condición para que fuese suya: que nunca descubriese la verdad sobre él.

¿Cómo iba a vivir con el hombre cuyo único beso no había olvidado nunca?

¡YA EN TU PUNTO DE VENTA!

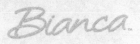

**Le dejó sumamente claro que la deseaba…
pero sin ataduras de ningún tipo**

Rebekah Evans, cocinera profesional, se había prometido a sí misma mantener las distancias con su jefe, Dante Jarrell, el solicitado abogado especializado en divorcios. Pero, en una noche de debilidad, acabó traicionándose a sí misma.

Dante jamás habría imaginado que el uniforme de cocinera de Rebekah escondiese semejantes curvas. Como no había logrado satisfacer del todo su apetito por ella, decidió llevársela a la Toscana.

Durante unos días de intensa pasión, Rebekah comenzó a derribar las defensas de él… hasta que descubrió que Dante la había dejado embarazada.

Deseos saciados

Chantelle Shaw